Iwasa Tadaya
岩佐忠哉◎著

二十一世紀の虹は美しく

文芸社

二十一世紀の虹は美しく◎目次

プロローグ

私は交通事故で九死に一生を得たのだが、そのとき、夢かうつつか、綺麗な花園の彼方からしきりに私を手招きする男女がいる。よく見れば死んだ父母と従兄だった。私の背後からは「戻れ、帰れ」の声がする。だが、父母や従兄に呼ばれた懐かしさにひかれ、つい思い切って駆け寄り、父母・従兄と抱き合って喜び合った。

従兄は過ぐる日中戦争で戦死し、靖国神社に祀られているのだが、意外なことを言い出した。

「実はな、最近娑婆《シャバ》から来る奴は皆、過去の戦争は間違っていたと言いよる。国もそう言っているという。それで靖国神社に祀られ、安らかに眠っている筈の英霊達は、『それじゃ、俺達はお国のための名誉の戦死でなく、犬死にか！』と大騒ぎしている。国も市町村も戦死者を祀る必要はないと、祭祀料も出さんと言うじゃないか。出征のときはあれほど感謝し、激励し、壮行会までして戦地に出しながら、弔う必要がないとは何事か。『そんな裏切り国家なら、呪い潰してやれ』とまで言う英霊もいる始末。お前、なんとか皆の気持ちがおさまるよう説明してくれまいか」

私は吃驚《びっくり》した。

「負け戦さだからいろんな声が出るさ。だが、靖国の英霊が犬死にだなんて、国民誰一人思ってはいませんよ」

私はこう言う他はなかった。父は日露戦争に出征したが、召集令状が来たときは腹の底から「よーし、やるぞ」と勇み立ったという。だが従兄は、「いったい俺はなんのために戦地に征くのか。兵隊にならねば罰則が怖いし、家族が世間から村八分にされるので仕方なかった」と言う。どうしてこうも違うのか。本当にやむを得ない戦争じゃなかったからか。私達はいろいろ話し合った。もし間違った戦争なら、どこがどう、なぜ間違ったかを調べ、二度と間違いのない世の中にしようではないか。そのために私は娑婆に戻るという話になって、閻魔大王の前に連れて行かれた。どうやら冥土の人となるには閻魔さんの承認が必要で、もし閻魔さんが冥界への入籍を認めないときは、娑婆に帰れば〝九死に一生を得た〟と喜び合うことになるようだ。

「貴様なにしに来たっ⁉」

いきなり閻魔さんに一喝された。こんなどやし方をされるのは、私の顔にまだ生気があるからなのではないか。

「閻魔さんと冥土の酒が呑みたいのです。それにちょっと調べたいことがありまして……」

「こ奴。この俺と酒を呑みたいと。お前は長い役人生活で、接待も受けず賄賂もとらず、真面目に国の行政を監察してきた男だな。そのお前が、なんじゃそれは。俺と酒を呑みたいなんて」

驚いた。閻魔さんは、私の生前の仕事を知っているのだ。私は腹を決めた。娑婆にいた時だって、どんな偉い人に会っても身体をコチコチに緊張したことはない。

「日本は昭和六年から二十年まで戦争に明け暮れ、戦死者二百万人、都市焼爆撃・原爆・沖縄・満州での戦争犠牲者らは三百万人、負傷者数知れず、国富損失六百五十億ドルの被害でした。戦争相手の中国（当時は支那と言ったが、本書ではすべて中国に統一する）の損害はさらに大きく、将兵戦死傷者五百六十二万人、戦争に巻き込まれた死傷者二百六十万人、経済的損失五百億ドル（五十年後の中国の発表では六千億ドル）、その他諸国にも被害を与えました」

「大戦争があったのは俺もよう知っちょる。それがどうしたというのじゃ」

「それで知りたいのです。誰が日本の戦争指導者であっても、やはり日本は惨敗し、中国等は同じような地獄絵図の惨めさになったかどうかを。例えば織田信長は戦さ上手、豊臣秀吉は意表を衝く策謀家、徳川家康は狸爺と言われる程丸く収める得意技、こんな人達でも、あんな戦い方、あんな負け戦さをするのかどうか。この人達なら案外巧く切り抜け、昭和日本は無事安泰ではなかったのか、という気もするのです。それが知りたいのです」

「知ってどうする？」

「国の興亡、人民の禍福は、指導者の優劣次第でどうにでも変わるということが分かるのです。そこで二度と下らぬ指導者が出ない世の中にしたいのです。娑婆は二十一世紀です。日本も新しい日本に変わらねばなりません。そのためには再び娑婆に戻って冥土で教わった先人の教えを守り、日本をよい国に作り直したいのです。」

「下らぬ指導者か。近衛（文麿、天皇側近で日中戦争以来の総理）や東条（英樹、陸軍大将で太平洋戦争当時総理）らは戦争責任を感じてか、天皇や国民に対し申し訳ないと俺の目の前で泣きおったわ。

戦死した兵士はみんな胸を張って、私はお国のために命を捧げましたと、誇らしげに毅然としていたわ。家もろとも、爆弾で吹き飛ばされて死んだ女は、お陰さまで、これで私も戦死した夫と一緒になれますと微笑みおったわ。

俺はみんな極楽に送ったが、なにか心中納得できないものが残っている。二度と下らぬ指導者を出したくないというのじゃな。よかろう。それでどうしたいのじゃ」

「信長や秀吉、家康その他いろんな方に会わせて下さい。この方々の意見が聞きたいのです。避けられない時代の流れだったのか、指導者の愚かさだったのか、それが知りたいのです」

「そうか……」

閻魔さんはしばらく考えていたが、

「分かった。それなら、やがてお前とその仕事を一緒にやるのに丁度いい男がやってくる。それまで待て。冥土の酒、好きな程自由に呑めばよい」

驚いた。閻魔さんは、娑婆で活躍している人々の命が何時終わるかも、その男がどんな男かもみんな知っているのだ。

私は今まで、創造の神がいるとは思っていたが、それは表の世界、裏の世界は冥土で、冥土の王が閻魔大王だと知った。冥土の酒は美味い。人間の言葉では表現できない。身体中に花園が広がり、美女が舞い、妙音が伝わる夢の世界。まさに毎日が極楽だった。冥土には時計がない。一日の長さも、一年の長さも分からない。どれだけ待ったか分からぬある時、閻魔さんのお呼びがあり行ってみると、あの白髪の司馬遼太郎さんそっくりの人がいた。別人ながら余りにもよく似ているので、私は〝芝さん〟と呼ぶことにした。

彼は既に私の悲願をすっかり閻魔さんから聞いていたので、大いに意気投合し、一緒に取材し、一緒に考え、そして日本をよい国にするため、一緒に娑婆に戻ろうと誓い合った。

第一部
信長の太平洋戦略

——大男、足裏の刺《とげ》へこたれる——

早速元天下人、織田信長、豊臣秀吉、徳川家康に会うことにした。閻魔さんが、われわれに特別な魔力をお与え下さったのだろうか、二人がこの人達に会うと決めた途端、われらを包む漆黒の空間に、なにかもやもやすると思ったら、三人が顔を出した。いや、驚いたのなんの。

三人は今頃なに用かと言わんばかりの怪訝《けげん》な表情で現れた。

「なにか余らに話があるそうな」

と信長が言った。不思議なことに、信長は戦国時代の言葉そのままで話していると思うのに、私達には、私達の日常語で聞こえるのだ。また私達の言葉が、この人達には戦国時代の言葉になって伝わるらしい。

「ご承知と思いますが、日本は太平洋戦争で惨敗しました。お三人は戦術の天才的な方ですので、お三人なら日中戦争、太平洋戦争をどう戦われるのか、それをお聞かせいただきたいのです」

一◇勝ち目のない負け戦さはしない

「戦さというものは、勝ち目のない戦さはせんもんじゃ」

と信長。何か突っ放されたようで、これじゃどう話をすすめようかと戸惑っていたら、秀吉が救ってくれた。

「戦さは、こちらが計画し戦備を整え、勝利の見通しを得たとき仕掛ける戦さと、逆に相手に仕掛けられる戦さとがある。どちらじゃ」

「日中戦争は仕掛けた戦争ですが、太平洋戦争は仕掛けられたと思っています」

「仕掛けられた戦さにしろ、勝ち目があるから戦ったのじゃろうが」

「勝ち目など全くありません」

「ではなぜ戦った?」

信長が聞いた。

「当時ドイツは、フランス、オランダ、ソ連等を破竹の勢いで攻略してましてね。イギリスの降服も目前だったし、イギリスが降服すれば、やがてドイツはアメリカと世界を争うようになる、と陸軍の親独派は考えたのですよ。アジアには英仏蘭の利権（資源）があるので、ドイツの勝運に相乗りしてこれらの資源を手に入れようと思ったのです」

「イギリスが降服すれば、どうしてドイツの勝運に相乗りできるのか」

「イギリスはアメリカと並ぶ世界一流の海軍大国でしょ。その国が敗れれば、アメリカはアメリカ本土さえ無事ならそれでよいとする孤立主義になるでしょう。太平洋方面の英、仏、蘭の資源に手を伸ばしても、日独の結束を見れば傍観するという見込みです。つまり日本と戦う戦意がなくなる」

「日独の結束というが、日本はドイツと英米と、これまでどちらと親密だったのか」

「それは英米との方が親密です。政治的にも、通商・交易関係でも」

「ドイツとは昨日今日のつきあいか。ならばその結束は当面の御都合主義の馴れ合いだわ。ドイツが完勝すれば今度は日本の切り落としか。戦国時代にはよくある手じゃ」

と笑った後、さらに続けた。

「戦さというものは幸運を予想したり、自分に都合の良い仮定のもとにするものじゃないわ。それで、対米英開戦は多年の計画に基づき決意したのかな」

「対米英戦の計画など全くありませんでした。昭和十五年（一九四〇年）になって日独伊三国同盟が結ばれ、その外交関係の流れでその翌年太平洋戦争となったのです。厳密に言えば昭和十六年八月三十日に南方作戦を決定、その年末の開戦です」

「それでは思いつき開戦じゃな。もっとも悪い。作戦も戦争準備も一夜漬けではないか。仕掛けられた戦争と言ったが、先にアメリカが軍事行動を起こしたのか？　それとも真綿で首を絞めるように追いつめられたのか？」

「その真綿で首を絞められたのです」

「ならば外交で受けるべきだ。戦さで受けて立つとは愚かなことじゃないのか」

「いや……。実は日独伊三国同盟ができてから様子が変わったのです。ドイツはアジアにおける日本の東亜新秩序体制を認めるし、仏蘭領インドシナからの資源獲得も認める。日本もドイツの欧州新秩序体制を認める、ということになったので仏印に進駐したのです。ところがアメリカは、日本の仏印進出は、南方資源獲得の根拠地にするものと見ました。それは、英米蘭等諸国の利権が奪われることなので、日米通商条約を破棄し、かつ石油も日本には売らない。それが困るなら中国、仏印の全占領地から撤退せよ、三国同盟は破棄せよと、無理難題の書面《ハル・ノート》（ハル米国務長官の文書、昭和十六年十一月二十六日）を突きつけました。真綿で首を絞めるとはこのことです。それでは、やがて日本の経済活動力も軍事力も枯渇する。そこで、力のあるうちにアメリカと一戦交えるということになったのです」

「で、戦さの見通しはどうつけたのか」

と信長が突っ込んだ。こうなっては当時の山本五十六連合艦隊司令長官に出てもらう他はない。日米戦となれば海戦の勝敗に左右されるからだ。山本さんは語った。

「日米戦となれば、一年か一年半は大暴れに暴れるつもりでした」

「暴れるだけか。勝ってみせると言えないのか」

信長の質問は鋭い。

「勝ち目はありません。私は米英と戦うべきでないと、永野軍司令部長に進言しましたが、受け入れられませんでした」

「では、戦さのおさめ方について、どう目途をつけたのか」

「その目途もありません。それを考えるのは東条総理の役目です。私は軍人として戦うだけです。だが、東条総理も格別戦いの収束について目途はつけえなかったようです」

「サル！（信長が秀吉を呼ぶ愛称）余らの時代にこんな戦さをする奴おったかな？」

「おらんなぁ。おるとすれば足軽組頭くらいの者じゃろう」

「今聞いた通りだ。それでもお前は余にどう戦うかを言わせたいのか」

「だが、戦わざるを得ない流れに巻き込まれたと思って下さい。ともかく、貿易を絶たれ、資源も石油も何も手に入らぬようにされた上の最後通牒（ハル・ノート）ではね。アメリカがやる気なら、先手を取れということになったのです。分かるでしょ？　その先手を、あなたならどう打たれるか、それが知りたいのです」

「アメリカが仕掛けてきた戦さなら、アメリカは絶対に勝つという自信があるからじゃよ。短気な日本人を怒らせ、あえて開戦の先手を取らせれば、好戦国日本を叩き潰すという大義名分になるからな。最後通牒（ハル・ノート）も交渉のうちなら、相手の手に乗らず、これをかわす手は考えなかったのか？」

「そういう話があるかもしれません。だが、ともかく信長さんには、是非、先手攻撃のやり方を教えて頂きたいのです。当時、アメリカはハワイに太平洋艦隊を集結し、イギリスはシンガポールに、世界に誇る不沈艦『プリンス・オブ・ウェルズ』や『レパノン』等東洋艦隊を配置し、東西から日本に威《おど》しをかけている状態でした。グズグズしていては手後れになります」

「どうでも余を戦わせるというのか」

信長は苦笑し、熟慮しはじめた。

われわれは固唾を呑んで聞き耳を立てていた。

「余はな……、ハル・ノートは、戦争を仕掛けたものとは思えない。日本は貿易を断たれ、資源も石油も、何もかも手に入らぬというのだな。糧道を断たれ、飢餓寸前の城と同じじゃろう。餓死か降伏かを選ばせればよい。城を開いて斬り死にさせるまで追い込むこともない。それがアメリカの作戦と見た。勝ち目がない限り外交一貫じゃ」

「それはそれとして、ここでは、逃げられない戦さとして、どう対戦されるかを聞きたいのです。信長さんは、桶狭間で今川義元の三万の大軍を数千の寡兵で破られましたね。あれは勝ち目を計算した戦さでしたか？　それとも、たまたま運良く勝ったということですか？」

「もちろん勝つ計算ずくの戦さじゃ。大軍も山中の一本道を征けば細長い長蛇の行軍、その横腹は弱いさ。それに戦争目的を義元一人の首を挙げることのみにしたのじゃ」

「それです。アメリカ相手の戦いに、あなたの戦いぶりが知りたいのです。山本さんは真珠湾を奇襲しました。あなたも奇襲されますか？　奇襲されるとしたら山本さんの奇襲と同じか、どう違うかも知りたいのです」

二◇限定戦争をする

「そうか、余の戦いぶりか……」

信長は暫《しばら》く考え込んでいたが、

「戦争目的を限定した戦さをするのじゃ」

私が意味を理解しかねていたら、こう言った。

「戦さは、相手にまず戦争することに疑いを持たせることじゃ。それで相手の戦意が鈍くなる」

「つまりアメリカの国論を二分する狙いですね。だが、そんな狙いで戦う大義名分、どうしますか？」

私は突っ込んだ。

「大義名分か。そんなものになるかどうか、つまり、日米の恒久的平和を熱望するあまり、日米和平のガンであるアメリカの主戦論者に反省させ、警告する戦さをするということじゃ。ハル・ノート受託の条件として、アメリカの主戦論者に鉄槌を下すのじゃ。彼等は、日本が長い日中戦争で国力を消耗しているのを奇貨とし、この際日本を弱小国に突き落とそうとしている。彼らがいる限り日米関係は、今日笑顔に戻っても、明日は憤怒の形相に豹変する不安がある。アメリカの日本攻撃の拠点を壊滅すれば、日米恒久平和が可能となる。アメリカの国民と戦うのではない。主戦論者を叩く戦さじゃ」

秀吉は信長の話を聞いているうち、自分がやった朝鮮征伐を思い出した。最初（文禄元年）連戦連勝して、破竹の勢いで北朝まで攻め込めたのは、李王朝政権の苛斂誅求《かれんちゅうきゅう》に対する反感から民衆が日本軍に協力的だったから。だから、アメリカの国論二分を狙う信長の限定戦争は、面白い謀略戦争じゃと思った。

「それで戦争の仕掛けはどうしますか」

「事前に、一本勝負の決戦を条件にハル・ノートを受託する。決戦後、和平交渉を再開するとアメリカに通告する」

「それならアメリカの太平洋艦隊がハワイ真珠湾に集結しているので、真珠湾奇襲ですね。山本さんもそれをやりました」

「武力行使を事前に通知するのじゃ。奇襲じゃない。山本君、君は日本の全海軍をあげて真珠湾を奇襲したのか？」

当時日本は、主力艦艇を二百八十隻は持っていた。

「いえ、空母を含む二十三隻の奇襲艦隊（南雲艦隊）を編成しました」

「余は、できる限り日本の全海軍をあげて襲撃する」

芝さんは、信長戦略の全貌を聞き出した。信長は、連合艦隊の全滅をも厭わず、全艦で死地に突入し、太平洋艦隊と決戦する。世界に誇る巨艦「大和」等の四十六センチメートルの巨砲を惜しみなく撃ちまくる。全艦が真珠湾を艦砲攻撃する。この点、南雲艦隊は軍艦を死地に近づけず、もっぱら航空攻撃、それも一回だけで敵襲を避けて引き上げている。これは後々の海戦を想うからだ。限定戦争はそれがないから徹底的に攻撃するという。

「軍港施設（石油タンク、艦船修理工場等）はあますところなく艦砲で粉砕する。軍港としての機能をゼロにするのじゃ。ハワイが太平洋艦隊の根拠地ということは、ノド元に短刀を突きつけられたと同然で、そういう状況では真の日米和平はない。だから実力行使でこれを取り除くのが限定戦争の目的じゃ。もし、アメリカに戦う気がなく、限定戦争回避の交渉を求めてくるのなら、それに応じる」

「香港、マレー、シンガポール、フィリピン等の米英勢力圏も攻撃されますか？」

「攻撃しない。イギリスに対しては、対米限定戦争の理由と目的を通知、限定戦争後は、日中和平交渉に入るので、イギリスに香港経由で中国に援助する援助行為を停止せよと申し入れる。対英不戦の外交交渉を続ける」

　私は、世界に前例のない限定戦争論にやや不安を感じた。

「アメリカが限定戦争を認めるには、日本がそうせざるを得ない理由を納得させることが必要です。それができましょうか？」

「もし限定戦争をせず、すんなりアメリカのハル・ノートを日本が受諾し正直に実行すれば、中国をはじめ全アジア諸国住民は、日本は戦わずしてアメリカに降伏したとの印象が強くなる。そういうなかで日本軍が占領地から撤兵するときは、中国軍の追撃、民衆の嫌がらせ行為、日本軍に協力した者に対する虐殺行為も頻発する。となれば、日本軍は反転攻撃し、裏切られた復讐戦となると、かえって事態は悪化する。また、日本の不戦降伏と見られると、アジア諸国との関係が巧くいかないのみか、台湾・朝鮮でも独立運動が激化しよう。したがって限定戦争は日本の自衛権の行使なのじゃ」

山本さんが明るい顔つきで言った。

「日米和平交渉は、日本軍の撤兵を協議することとなるが、陸軍が承知するだろうか。東条は『撤兵は自殺行為』と言いよった。東条がどう出るか、石原君に聞きたいね」

石原とは石原莞爾陸軍中将のことで、陸軍省内では東条と並び立つ逸材、中佐当時満州事変を引き起こした主謀者で、日中本格戦争には反対し、東条一派と意見が合わず、ついに追放されて予備役に編入された人だ。

その陸軍中将石原さんが出てきた。石原さんはずばりと言ってのけた。

「東条って男は、自分の格好良さを気にする男だ。アメリカに一撃を与え、イギリスには一撃せずに、和平交渉を提案するなど、アメリカ・イギリスを手玉にとる格好良さに乗るだろう。それに奴も戦略家。米中二正面作戦が無理なことぐらいは知っている。日米両国の決闘という形の限定戦争後なら、日中戦争の行き詰まりも解決の方向に転換すると思いますよ」

芝さんは、限定戦争はお互いに国の角《ツノ》を取ろうというもの、角を取った後はハル・ノート提案のアジア関係諸国との不可侵条約を結ぶので、賛成だと言う。

山本さんは、日米海戦が土俵上の一番勝負なら勝味十分だが、長期戦で建艦競争になっては負けと見た。限定戦争は一番勝負の申し入れで、戦争にして戦争に非《あら》ず、外交にして外交に非ず、妙案だと思った。

　実は山本さんには大きな不安があった。それは日米開戦の十三カ月前（昭和十五年十一月十二日）、もし海軍が戦争状態になった場合の兵器の充足状況調査を行ったのだ。その結果、飛行機の大型爆弾、魚雷、二十粍《ミリ》機銃の弾薬包の充足率は十〜二十パーセント。開戦数カ月でゼロになると分かり、その後緊急生産を指示したが、その後どうなっているのかに不安があった。だから限定戦争ならやれると思った。

◆グルー元駐日アメリカ大使の見方

　しかし、限定戦争なんて、肝心のアメリカ人はどう受け止めるだろうか。

　ここは、日米開戦当時のアメリカ駐日グルー大使に聞こうではないか、ということになった。グルー大使がにこやかに現れた。限定戦争論の趣旨を聞くと彼の表情は引き締った。

「ハル・ノートは最後通牒ではありません。日本の全占領地から全軍全警察力の即時撤退と受けとられたとは悲しいことです。だが、日本側から見てハル・ノートに欠点があるのなら、外交文書で指摘すべきなのに、なぜ戦争に訴えるのですか？　限定戦争も戦争でしょう？　私は、日本人というのは、追いつめられたら我を忘れて爆発する国民性と見ていました。日中戦争もわれわれの目から見れば、日本は敗北寸前、それに英米の戦意が固いと読めば、短気な日本人のこと、爆発するのが怖い。その爆発は、結局日本の潰滅以外のなにものでもありません。もしそれが、限定戦争論で日本の爆発がおさまるなら、これは一案だと思いますがね。それにしても怖いですね。アメリカ国民が相手じゃない、対日主戦論者が相手の限定戦争とはね。もっとも、日本の主戦論者にも問題がありますがね」

グルー大使は流石《さすが》に外交官、ノラリクラリと差し障りのない答え方をした。

◆無通告真珠湾奇襲の跡始末

私は少し意地悪質問をしてみたくなった。

「信長さん。限定戦争は事前に通知する、宣戦布告ではないと言われましたね。万一なんらかの事情で事前通知する前に真珠湾攻撃が先に行われても、限定戦争だと押し切られますか?」

「どうしてそんな下らん質問をするのじゃ。上が事前通知せよと命ずれば、事前通知されるのじゃ」

信長は私を叱るように言う。私はグルー元大使に発言させた。

「一九四一年十二月八日、本国から私に、『今、日本軍は真珠湾を攻撃しているのに、貴官から何の報告もない。これはどうしたことか！』とお叱りの電報がありました」

「ナニ？　事前通告されなかったのですか？」

山本さんは青ざめた。当時の来栖《くるす》駐米大使に出てもらったが、詰問するように来栖を鋭く睨みつけた。来栖は吶吶《とつとつ》として言った。

「なにしろ、日本政府の対米最後通牒は十四章におよぶ大論文で、十三章までは奇襲予定日の前日に、十四章は奇襲予定日に来ました。それが全文暗号電報です。奇襲予定時刻の三十分前（十二月七日午後一時）に書面をアメリカ政府に渡すように指示されていましたが、それは第十四章の最後に書かれ、『アメリカに渡す文書はタイピストに打たせるな』と特記されていました。そのため素人の書記生がタイプしたので大変時間がかかりました」

「おかしいな。無通告開戦してはならぬと天皇から特に指示されていたし、私も、くれぐれも間違いのないようにと念を押したのですが……。それがどうして……」

山本さんは納得しない。グルー大使は苦笑いした。

「日本は下克上の国です。天皇のご意思でないと思っても、大臣が何を言おうと、自分の独断でこれが国のためだと思うと、上司が知らぬことにして、天皇や大臣の思いもよらぬ方向に巧みに持っていき、既成事実を作る国です。なぜ十四章に上る大論文にするのですか？　なぜ全文暗号電報にするのですか？　なぜタイピストに打たせないのですか？　これは、手間取らせ、事前通告したはずが意外にも事後通告になったとする日本人特有の小手技的謀略だと、アメリカは思っています。誰も責任を負わない事故性に責任転嫁したのですね。奇襲を成功させるための下克上ですね。もっともそれは、日本では下僚のお手柄でしょうが」

「故意かどうかは別として、信長さんの限定戦争も無通告開戦になった以上は限定戦争論は通じますまい。グルーさん、どう思いますか」

「アメリカでは、戦争は議会の議決がないとできません。アメリカには親日家も知日家も多く、日米関係が如何にこじれても、対日戦争を議決することはまずないと思っていました。日本の真珠湾奇襲の二時間は、日本では大戦果をあげたと大騒ぎしていますが、アメリカの工業力から見れば軽傷ですよ。そんなことよりも、この二時間の奇襲で、一挙に対日宣戦が議決されたという前代未聞の政治的決着。これじゃ、限定戦争でも無通告奇襲になっては通りませんね。三十分前の通知なら無通告開戦じゃないですって？　人を馬鹿にするのもいい加減にして下さいよ」

「信長さん。お聞きのとおりです。どうされますか」

「東条内閣は責任をとって総辞職させ、後継内閣が和平交渉の再開を申し入れる。内閣総辞職という責任の取り方で納得してもらえないじゃろうか」

　芝さんがひっかかってきた。

「アメリカはハル・ノートで和平交渉する誠意を見せたのに、その回答が真珠湾攻撃とはひどすぎる。何分建国以来、初めて国土を爆撃されたという屈辱感は、日本を徹底的にやっつけないとおさまらないでしょう。やはり、外交交渉の余地を残し、少なくとも一週間以上前の事前通知でない限り認めないのではないか。グルーさん如何ですか？」

「日米和平交渉の中身は、日中紛争の解決ですが、中国がアメリカを交えないと日中和平交渉はしないと言い出したとき、日本は同意するでしょうか？　また、日本の駐米大使館で故意に事前通知を遅らせないよう、どう予防しましたか？　アメリカは限定戦争に対戦する準備期間が与えられない限定戦争は認めないでしょう。たとえば、限定戦争を回避する和平交渉を一カ月間行い、不調のとき限定戦争をしたいというアメリカの要求を日本は呑めますか？　その一カ月の間にアメリカの太西洋艦隊を真珠湾に集結させますよ」

　信長は平然と答えた。

「よかろう」

　彼は、アメリカから限定戦争回避の和平交渉の申し入れがあれば、それでアメリカの国論は二分したと見た。駐米日本大使館が故意に事前通知を遅らせるのは、東京に駐在するアメリカの大使に事前通知すれば防げると考えた。また、仮に限定戦争でアメリカに勝っても、低姿勢で日米和平交渉を成立させる。戦争状態が続き、建艦競争となれば、数年後の日米海軍比は雲泥の差となり、日本の敗北は必至と見たのだ。

山本さんは、信長の対米限定戦争は世に言う〝負けて勝つ〟戦法の逆で、〝勝って負け顔（ハル・ノート受託）〟の奇策だと思った。また、大西洋艦隊が真珠湾に集結するなどあり得ないとも思った。そんなことをすれば、ドイツが英国本土上陸作戦を強行するからだ。ドイツは無通告奇襲攻撃を繰り返す国。ところが、信長の堂々たる事前通告主義はアメリカで評価されると思った。

三◇日本はアメリカには勝てない

私は信長に、もうひとひねりした質問がしたくなった。

「陸軍省内には、アジア新秩序建設熱に燃え上がる確信派がいます。世界平和主義といっても、所詮持てる国（資源を持つ国）の世界支配体制を現状維持するスローガンで、これが帝国主義・重商主義と重なると、持たざる国は地獄の国となる。そこで持てる国の支配体制をぶっ壊し、日本も持てる国同然に繁栄しようとするのが、アジア新秩序体制論です。この人達は、無通告開戦でもよい。戦果が大きいなら、むしろアジア新秩序建設に邁進すべきだ。国際法違反がなんじゃ、勝てばよいのだ、と陸軍の若手将校達は手強いですよ。この情勢に対して、どう対処されますか？」

信長は、話が面白くなってきたと言わんばかりに、その眼が輝いている。

「そんな話はな、第一にこの戦争は絶対に勝つ自信があること、第二に真珠湾奇襲の戦果が、アメリカにとって致命的な深傷であるということだ。山本君、真珠湾奇襲の戦果はどうだったのか」

◆真珠湾奇襲の戦果をどう見るか

「大本営発表では、戦艦以下十七隻を撃沈破、敵機五百機潰滅、わが方の損失は飛行機二十九機、特殊潜航艇五隻でした。国民は熱狂し、嶋田海軍大臣も臨時議会で、米国太平洋艦隊主力の大部分はその戦闘力を喪失した、と報告しました」

「山本君、君はその発表をどう思うかね」

信長が山本さんを見据えるように聞いた。

「誠に不愉快で苦々しく思います。奇襲とは、いわば寝首を掻きに行ったようなもの。ところが首を上げえないのみか、軽傷を与えた程度でした。だから連合艦隊の参謀達には、決して浮ついてはならぬ、戦さはこれからだと訓示しました」

「大戦果だというのに軽傷というのは分かりません」

と私が聞いた。

「奇襲前日に真珠湾に停泊していた筈の空母二隻、重巡（大型巡洋艦）十隻が奇襲直前に出航し撃ち洩らしたのです。また、湾内に太平洋艦隊は九十四隻もいたのに、ただ十七隻の撃沈破ではね。空襲は二回、第三次、第四次攻撃をしなかったのです。私は不満です」

「アメリカが奇襲を察知していたのでは……」

「そうかも知れません。それに巨大な石油タンクや海軍工廠は健在です。徹底的に破壊しなかったのです。また真珠湾は水深四十フィート程度に浅いので、撃沈と言ってもすぐ引き揚げられます。湾内に立派な海軍工廠があるのですぐ修繕しますよ。しかも日本の爆弾の破壊力が分かったので、全艦の装甲を強化するでしょう。太平洋艦隊は、一年後には前よりも強力な艦隊として再現しましょう」

「そりゃあ駄目じゃ。軍港としての機能を潰滅させなくては駄目じゃよ。なぜ中途半端な奇襲をしたのか」

と信長は言った。山本さんも心中複雑だ。そんな筈ではなかったのだ。奇襲艦隊司令官以下参謀は、軍艦を見て軍港機能を見落としたのだ。軍艦が海戦のすべてであるとする古い海戦思想が災いしたのだ。もし、信長の言うように軍港機能そのものを潰滅しておれば、アメリカの反抗開始も反抗速度も遅く、太平洋戦争は全く別な戦況のもと、休戦できたかも知れない。奇襲艦隊が第三次、第四次攻撃をしなかったことは重大なミスなのだ。

グルーは複雑な気持ちで聞いていた。彼は帰国後、アメリカでは日本の真珠湾奇襲はありうることとし、もし日本がやる気ならやらせろ、その方が議会の対日宣戦議決が取りやすいと、あえて真珠湾周辺海域の警戒をしなかったと聞いて吃驚《びっくり》した。もしアメリカが警戒網を張れば奇襲艦隊の来襲を察知できる。隠密行動をとる日本奇襲艦隊は当然少数だから、アメリカがその気になれば全滅させることもできた。少なくとも、壊滅的打撃を奇襲艦隊に与えれば、日本陸軍の主戦論者も消沈し、日本の国民世論も一変し、恐らく沖縄戦に突入せずに日本は降伏しただろうに、と残念がった。

◆南方資源の広域な獲得作戦は敗戦路線

「すると、真珠湾の奇襲でアメリカ海軍はどの程度の打撃を受けましたか」

「戦前の日本の対米海軍力比は六十九・六パーセントでしたが、奇襲後は七十二・九パーセントになりました。しかし、アメリカの工業力が大きいので、新造艦と撃沈破された艦船の引き揚げ、修復能力から見れば一年そこそこで奇襲前に戻ってしまいます」

山本さんは答えた。信長も心配した。

「奇襲だから、わずか飛行機二十九機の喪失だけで、戦艦以下十七隻を撃沈しても、これは奇襲戦果で、互角に戦った実戦力ではない。ところが、それが実戦力のように将兵や国民が受け止めると、傲慢と油断を生じる。大戦果報道は将来マイナスになるじゃろう」

「いや、それですよ。真珠湾の戦果を大評価し、地球の三分の一の広さの太平洋全域を舞台に南方資源獲得作戦は、太平洋艦隊の再起はまず当分はない、日本海軍は凄いと見たからで、それでアジア新秩序建設に踏み切ったのです。広い南洋の一夜漬けの資源獲得作戦、そこに、甘さがなければよいが。軍官民ともに傲慢《ごうまん》と油断が生じなければよいが」

と芝さんは言った。

「南方資源を国が利用できるための問題点は何じゃ？」

信長は南方資源獲得の可能性を確かめたいらしい。

「第一に、米英連合軍を撃退できる要塞的な防御《ぼうぎょ》陣地を作ることです。それは軍艦の火砲および飛行機の爆撃に耐えるだけのものを作らねばならないから、建設資材と輸送船舶が必要です。しかし日本の輸送力は貧弱です。第二に、輸送船団をアメリカの潜水艦攻撃から守らねばなりませんが、日本の連合艦隊は米艦との戦いで精一杯で、輸送船団を護衛する余裕はありません。第三に、アメリカの反攻前に完了せねばなりません。それは真珠湾奇襲後二年以内、早くて一年後と見られます」

山本さんは苦しい説明をした。信長は、彼が連合艦隊司令長官として戦わねばならないが、その戦争地域を海軍の戦闘能力を無視して大本営が勝手気ままに拡大しては、やがて敗戦路線になるのではないかと危ぶんだ。突然の開戦で米英の兵備は手薄、それだけに日本の侵攻戦域が野放図に拡大する落とし穴がある。一夜漬けの南方資源獲得作戦のボロが出てくるものと見た。

◆兵器の量と質が違う

信長の戦さは、兵器の量と質に重点をおいていた。アメリカに絶対に勝つという自身もこれを無視しては考えられない。

「アメリカが、日本と戦うための造艦計画を始めたのはいつ頃か」

山本さんが答えた。

「日独伊三国同盟ができた頃（昭和十五年九月）から、日米戦は避けられないと、取りあえず、二カ年で日本の対米海軍力比を六十四パーセントにする海軍増強案を立て、さらに六カ年で戦艦・空母等五十五隻を造り、日本の対米海軍力比を四十パーセントに落とす海軍拡張計画を始めました。日本は対米海軍比が七十パーセントはないと戦えないと言っていたのに、四十パーセントにされてはもうだめです。アメリカは本気で日本と戦う気になったということです」

「ほう。アメリカから通商条約を廃棄され、他の国もこれに倣《なら》い、飛行機や軍艦を造る資源輸入の途がほとんどなくなった日本を相手に、六カ年の海軍大拡張計画を立てたとはな。それで兵器の質はどうか」

「造艦技術は、アメリカには決して劣っていません。しかし軍艦の数は年とともに日米の差が大きくなり過ぎます。それにイギリスも世界一流の海軍国ですが、昭和十七年からアメリカを凌ぐ大海軍国建設をすすめており、それは極東海軍の増強も含めているので、英米艦隊を相手に戦うとなると衆寡敵せずの諺を認めざるをえません。日本の飛行機の生造技術では、残念ながら遠くアメリカには及びません。それに海軍機の製造は、日本が月産四百機、アメリカは二千機。保有機は、日本が二千七百機に対し、アメリカは一万機。アメリカでは、今後の海戦は航空機が主体になるとの見方が強く、空母等五十五隻を造るのは、空母を含む機動艦隊を造るということ、これは海戦方式の革命といえます。そうと分かっていても、資源のない日本は早急には空母中心の機動艦隊はつくれません」

と山本さんが説明した。

「兵器の優劣はどうなのじゃ」

石原さんが答えた。

「アメリカの陸軍は一流、日本は三流国です。師団の火砲を比較しても、七・五センチメートル口径以上の火砲装備は、日本はアメリカの十四・五パーセントに過ぎません。全火砲の総合戦力を見ると、アメリカは日本の二十六倍、小銃でもアメリカは自動小銃、日本は明治三十八年制定の三八式。大砲も明治四十一年制定の老砲です。これでアメリカと戦ったら、徒《いたずら》に兵の血を流すのみです」

石原さんは対米英戦に気乗り薄のようだ。山本さんが意外なことを言い出した。

「日本の兵器の量と質の遅れを一挙に救ってくれるのは原子爆弾の発明で、心密かに期待していました。が、昭和十六年四月、日本の技術力、工業力では近い将来には作れないとの結論になり、残念に思っていたら、その年の十月、アメリカで本格的に生産されることを聞き、がっかりしました。今から百年前の話ですが、日露戦争で日本軍が撃った小銃弾は三千八百万発、ロシア軍は一億三千四百万発。日米開戦の場合、火砲爆弾の戦力の違いはそれ以上かも知れません。その上に原子爆弾まで作られてはどうにもなりません」

芝さんが意外なことを言い出した。夜でも昼同様に敵艦を砲撃できるレーダー光線（電波探知機）は、発明当初日本海軍に売り込みに来たが、買わなかったというのだ。僅か三十万円（飛行機二～三機分）と安値だったのに、買えなかった。日本人の科学能力、先見能力の低さを見る気がする。

◆南方作戦の落とし穴

限定戦争論者の信長としては、南方資源獲得戦略は下の下の戦略。それだけに反論したくなってきたようだ。

「南方資源を獲得するということは、まずその方面の米英勢力を撃滅することじゃないのか？」

「その通りです。イギリス東洋艦隊の撃滅、フィリピンの占領戦など、いずれも生優しいものではありません。それに資源地は長期にわたり米英奪回軍を撃退せねばなりません」

と山本さん。

「ならば日本も、軍艦・飛行機の喪失は相当数に上ろう。実はそれが困るのじゃ。生産資材の輸入もままならねば、艦船・飛行機の生造力も修繕力も低いじゃろう？　ベテラン飛行兵は戦死させたくない。飛行兵の補充はすぐできるものじゃあるまい」

「アメリカの飛行兵は、飛行訓練六百時間のベテランです。日米開戦当時は、日本の飛行兵もそれに匹敵する熟練度を持っていました。しかし、開戦後の熟練飛行士の訓練・補充は全く見込みがありません。アメリカは民間飛行が盛んですから、予備飛行兵はいくらでもいます。日本は、まず飛ぶこと、着地することから教えねばなりません。まして空中戦技術、敵艦に対する魚雷攻撃技術などの訓練をするには相当の時間がかかります。戦争の速度に追いつけません。それに、訓練にガソリンを使い過ぎると、実戦のとき、飛行機も搭乗兵もいながらガソリンがないので戦えない、ということにもなりかねません。何分ガソリンが二年分しかないのですから」

「それじゃ、連合国が南方資源奪回に来攻する艦隊を潰滅して終戦に持ち込むという作戦の目途は？」

「熟練航空兵が不足すればその望みはありません。飛行機なしの海戦なら自信はありますが。お互いに艦影を認めず、大砲も打てず、航空機で勝敗が決する時代になり、アメリカもイギリスも航空戦法中心作戦に変わったのに、日本は昔のままの艦隊決戦型。惨敗を如何に逃れるかで精一杯です」

山本さんは心を痛めていた。南雲《なぐも》艦隊は劣勢な米・ハルゼー艦隊の猛攻に逃げ回ったのだ。実は、開戦一年でベテラン飛行兵はほとんど戦死したからだった。

「信長さんは南方基地防備はどのようにされますか?」

「南方資源を取るための戦さはせん。だが、日本に最も近い島々に難攻不落の要塞を造る。もっぱら守りに転ずる」

と、信長は絶対にアメリカ艦隊を寄せつけない範囲に難攻不落の要塞を造ることで、米英に将兵死傷の夥《おびただ》しい犠牲を強い、戦争継続の是非を考え直させようとする。限定戦争目的を通知しているので、米英は何が何でもと無理な戦争強行はしないものと見通しているようだ。

信長の話を聞いているうち、山本さんは苦い想い出に心を痛めていた。広い太平洋の島々の基地は、守備軍の十倍の兵力で、夕立のように物量砲爆撃され、どれも数日で潰滅した。最大の軍事拠点ラバウル、トラック島も赤子の手を捻るようにやられた。米英艦隊の破壊的攻撃力を甘く見ていた。海岸の砂地に兵が手掘りでタコツボを掘り、その中から防戦すれば上陸軍を撃退できるぐらいにしか思っていないところもあった。アメリカの反抗開始期を見誤り、日本の輸送力も見ない一夜漬けの南方資源獲得作戦は大きな落とし穴になってしまった。

◆南方資源獲得戦略

「アメリカが限定戦争を認めず長期戦をしかけてきたとき、南方資源（軍需資源）を取る作戦もしないで戦えるとお思いですか？」

「心配するな。日本に必要な軍需資材はたっぷり頂く。外国の商社を使ってな」

何を言い出すのかと、われわれはキョトンとしていたら、信長は自信ありげに言った。

「外国の通商貿易船が日本の軍艦に臨検されて没収されるという方法、それを承知で日本に協力する外国商社を探すのじゃ。その商社が、万事承知の船長とグルになるのじゃ。条件次第ではそういう商社と手が結べると思うんじゃが」

石原さんが乗り出した。

「ユダヤ人は世界から迫害されているので、たとえば満州にユダヤ資本の参加を認めるとか、日本を通過してアメリカに逃れる欧州のユダヤ人にビザを与えるなど、ユダヤ人との融和政策をとれば信長案のヤミ貿易に協力する者が出てきますよ」

芝さんも乗り気になった。

「日本は中国に宣戦布告していない。だから日本の軍艦は臨検しても、積み荷の宛先が中国以外の商社なら手が出せないのだ。その裏をかいて、没収されることを承知で協力してもらうとは面白い。蘭印（オランダ領インドシナ）からの輸送船も拿捕《だほ》し、船長を通じて、油の持ち主に高価買い入れを交渉させれば、巧くいく可能性も高いと思うよ。鉄屑、アルミ家具などを世界中からじゃんじゃん集めて日本に供給するのだ。いつの時代にもヤミ商人はいるものじゃ」

「では、代金の支払いはどうなさるので？」

「凍結された海外資産から支払う。つまり協力商社は戦さが終わるまでその代金を自弁せねばならない。その期間、日本は金利を支払うことになる。高い金利になるかも知れないが、日本はハル・ノート受諾、和平交渉再開を申し入れているので、やがてその商社達は米大統領に対し日米和平交渉を再開せよ、との政治運動を起こすこととなるじゃろう」

グルーは、信長の武力一辺倒でなく人の心を掴んだ手の打ち方に魅力を感じ始めていた。

◆長期戦に耐える国力がない

「長期戦体制をとるということは、国力もこれに耐えるようにせねばならん。日本は経済封鎖されているなかで、国力がどの程度落ちるかを検討したことがあるのか？」

さすがに天下を取った信長。戦争のもとの民生安定にも気を配っているようだ。

「それは相当な大作業になりましょう」

「平時の工業能力を比較するのじゃ。それを基準に戦時の経済はどうなるか、特に船舶徴用の影響を考えればよい」

分かりました、と芝さんが話を引き取った。そして、日中本格戦争の前年、昭和十一年の資料を出し、次のように説明した。

〔生産種目〕	〔アメリカ〕	〔日本〕
製鋼量	九千五百万トン	二十分の一
石油産出量	一億一千万バーレル	数百分の一
電力供給量	一千七百十四億五千六百万キロワット	六分の一
石炭生産力	五万トン	十分の一
飛行機生産	十二万機	五分の一
船舶保有量	一千万トン	二分の一
工場労働者	三千四百万人	五分の一
GNP	一千億ドル	九十二億ドル

芝さんは手元の数字を出し、「いかがですか」と聞いた。

「それでよい。平時の生産能力は戦時には同じ生産施設でも二～三割の増産は可能じゃ。だが、アメリカはできる。じゃが、資源輸入が絶えた日本では資源がなくなれば生産が停まる。まして、日中本格戦争が始まって大動員の結果、全国の生産は落ちとる筈じゃ。アメリカの製鋼量は一億トンを超えよう。日本は五百トンもないじゃろう。仮にアメリカが十隻の軍艦を造るとすれば、日本はアメリカと同じ建造期間内に是非とも十隻、少なくともその六～七割は造りたい。できるのかや？　生産は何もかもガタ落ち、それでも戦争するとなると国民生活は大変なことになろう。当然軍需用船舶も必要じゃ。その点はどう見たか」

信長も輸送船で頭を悩ませた戦さをしたことがある。その経験が言わせているらしい。

山本さんが答えた。

「開戦当時の日本の保有船舶は六百四十万トン、その半分は軍需用に徴用します。この程度では南方に要塞建設用の資材など送れません。連合国の潜水艦に撃沈されれば、それだけ民需用船舶を徴用するが、国民生活は船舶三百万トンないと維持できないのです。資材があっても、造船能力は年間四十万トンそこそこ。開戦すれば年間百万トンは撃沈されましょう」

「日中戦争で、軍隊増強の影響はどうだったか」

信長は次々に突っ込んできた。石原さんが答えた。

「農村の若者は召集され、米その他食料の生産が落ちました。日本が南仏印（仏領インドシナ南部）に進駐したのは、まず米を輸入したい気持ちもあったためです。輸送・生産各部門から熟練者が抜けるので、食料以外の各生産部門とも非能率化し、生産量も品質もガタ落ちです。飛行機は造れたが、飛べない、飛ばせられない不合格機が出てきたと聞いています」

「そうか。日本は長期の大戦争に耐える力はないということか」

信長は、なぜ大本営はもう少し考えないものかと、長嘆息した。山本さんは、企画院が日米開戦となれば民間がストックしている重要資源は二～三カ月から半年以内にすべてゼロになる」と報告したのに、なぜ戦争になったのかと訝《いぶか》った。私は、飛行場、生産工場で部品が調達できないため休業、多数の労働者が魚釣りに出かけている実状を述べた。

芝さんが言った。

「日本人は客観的・科学的に考えて否《ノー》でも、感情的に不可能を可能とする精神主義で結論するくせがあるからね。三人寄れば文殊の知恵という言葉がありながら、判断能力の低劣さを衆知の討議で補おうとはしないのだよ。精神一到、なんでもできると安易に結論がでるのだ」

四◇負け戦さの負け方

信長は言う。

「戦さというものは、最初に勝ち戦さになるか負け戦さかの見通しをつけて、それに応じた戦い方をするものじゃ。もし、開戦当初長期戦を予想しないのに、中途で長期戦に変えることは、余程綿密な計画のもと確信がなければ、絶対にしてはならぬ。南方基地というのはどれくらい遠いのか」

「横須賀からサイパンまでが千八十浬（約四千二百四十㎞）。それからトラック島までが六百浬（約二千三百㎞）。さらに八百浬（約三千百㎞）でラバウル、さらに六百浬でガダルカナルです」

と山本さんが地図を広げた。信長は首を傾けた。

「そんなに遠い広い太平洋でどういう戦い方をするつもりじゃ？」

「これまでの海軍の国防方針は、アメリカまたは米英連合艦隊が広い太平洋を来航する途中、潜水艦攻撃でその勢力を削ぎ、これを日本艦隊が全滅させるというものでした。ところが、南方資源獲得作戦に踏み切った結果、南方と日本との連絡に必要な船舶は四千万トンと試算されたのに、開戦当時の日本の保有船舶は六百四十二万トンでした。その半分を軍事用に徴用しても、焼け石に水。それに、アメリカ潜水艦の猛烈な輸送船攻撃があります。開戦前、海軍の図上演習で軍の徴用輸送船は一年目に百四十万トン撃沈される（実際には百七十万トン撃沈された）と試算されましたが、その防衛には、空母・飛行機・駆逐艦等が必要で、それは艦隊決戦力、航空決戦力を割くということ。しかも、それでも船舶を完全に護衛することは不可能なのです。これは政策変更により生じた日本海軍の構造的欠陥で、今さら何ら為すすべもありません。戦術の変更は海軍を混乱させるものです」

山本さんは冷や汗をかいた。ガダルカナル、ブーゲンベルヒには大軍をもって決戦する筈だったが、餓死者続出。生き残った将兵も骨と皮。幽鬼同然だった。

この話を聞いて、信長は呆れ、吐き捨てるように言った。

「広い太平洋で、各諸島（千四百の島々）のあちこちの基地造りは、兵力の分散となり、アメリカはこれを集中攻撃する。まさに敗戦方式だわい。大本営がそれに気づかぬとは残念じゃ」

◆負け戦さの兆候を掴め

「もしあなたが、アメリカの反抗期に入ってから日本の戦争指導者になられたら、どう戦われますか？」

「余が……か。相手が勝つと実感する前に休戦する。それは勝敗不明のときが、互角で休戦を話し合えるときじゃ。アメリカが、諸基地を一つ一つ撃破して資源地域を奪回するためには、夥《おびただ》しい米軍将兵の死傷を見ねばならないと気づいた時の和平交渉なら、対等の立場で話し合えよう。しかし、戦ってみたら案外日本は脆《もろ》い。戦力が低下していると分かった後の和平交渉は、日本の降伏という形でなければまとまるまい。逆に日本が圧倒的に勝ちすすむと見れば、アメリカは膨大な海軍拡張案の達成まで決戦を避ける。となれば、むしろ日本は自国の弱みを自覚し、手早く休戦申し入れの動機と理由を考える方が賢明じゃ。そこで個々の戦闘の場で負け戦さの兆候を掴むことが必要じゃ。真珠湾以後で日米両海軍は砲火を交えなかったのか？」

「昭和十七年五月八日の珊瑚海海戦があります。但し砲火を交えていません。お互いに水平線上に敵艦が見えない海戦で、それは、実は航空戦です。日米双方ともに二十七隻の艦隊（日本空母三、米空母二）、飛行機は双方ともに約百二十機。同勢力の決戦でした」

「その海戦で、これはまずい、困ったことだ、と思ったことはないか」

「わが方に未熟飛行兵が多いことを知って驚きました。第一群二十七機のうち九機が撃墜され、その他は全部海中に不時着。敵機の猛攻に耐えかねて逃げたのなら恥曝《はじさら》しです。他の一群三十一機は敵艦五隻を猛爆撃しましたが、一発も命中しませんでした。真珠湾攻撃後初の海戦に未熟飛行士がこんなに多いということは、今後の制空権はアメリカにあるということです。それは、戦っても負けるということです。熟練した軍艦の砲手は敵艦に一発も撃たないうちに空母二隻を撃沈、大破されるという海戦になりました。世界に誇る日本海軍も台無しです。しかし、日本も他の熟練飛行兵が頑張って空母二隻を撃沈大破してくれました」

　オヤッと私はひっかかった。

「山本さん、それはおかしいですよ。大本営は十七〜二十二隻を撃沈し、天皇から御嘉賞の勅語まで賜ったのですよ。嶋田海軍大臣は戦後の臨時議会で、豪州方面敵連合艦隊主力を全く壊滅させた。豪州朝野《ちょうや》の狼狽はもとより、米英両国の受けた衝撃は甚大で、国を挙げて悲痛に打たれていることは明らかであると演説していますが、大分話が違いますね」

「乱戦のなかでの敵艦撃沈の報告は、未熟飛行兵には誤認が多く、それに複数兵士の重複もあり、本来そのまま無条件には信用できないものだが、大本営は信頼しちゃったのですね。信長さんならこんな場合どう判断しますか？」

「そうじゃな、当面、わが方が受けた損害と同程度の損害を相手国に与えたことにするよ。そしてアメリカがどう発表したかを調べるのじゃ。負け戦さの兆がどちらかに見えている筈じゃ」

「アメリカは日本の発表を信用するなと言うのみで、アメリカ艦隊の損害については具体的に説明していません。しかし、日本は戦術的勝利を得たに過ぎず、アメリカは重要な戦略的勝利を収めたとラジオで公表しました」

と芝さんが説明すると、信長は、

「それはおかしい。日本の戦術的勝利を認めながら、アメリカの戦略的勝利はありえない。アメリカ海軍の損害について沈黙するということは、何か謀略を感じる。もし日本の大勝利が事実とすれば、アメリカの戦略的な勝利はありえず、またもし事実無根とすれば、〝日本の戦術的勝利〟もありえない。アメリカが損害を発表しないのは、日本に大勝利を信じさせ、次の作戦を誤らせるためじゃ。余はアメリカの発表のしかたが謀略臭く思えてならぬ。もし、大本営発表が誤報で、それが修正されねば、次の海戦で敵には二十隻前後の艦隊はないと思っていたのに、それが現れたということにならないか？　次の海戦は

恐縮ですが
切手を貼っ
てお出しく
ださい

112-0004

東京都文京区
後楽 2−23−12
(株) 文芸社
ご愛読者カード係行

書　名			
お買上 書店名	都道府県　　市区郡　　書店		
ふりがな お名前		明治 大正 昭和　年生　歳	
ふりがな ご住所	□□□-□□□□	性別 男・女	
お電話 番　号	(ブックサービスの際、必要)	ご職業	
お買い求めの動機 1. 書店店頭で見て　2. 当社の目録を見て　3. 人にすすめられて 4. 新聞広告、雑誌記事、書評を見て(新聞、雑誌名　　)			
上の質問に 1. と答えられた方の直接的な動機 1. タイトルにひかれた　2. 著者　3. 目次　4. カバーデザイン　5. 帯　6. その他			
ご講読新聞　　新聞	ご講読雑誌		

文芸社の本をお買い求めいただきありがとうございます。
この愛読者カードは今後の小社出版の企画およびイベント等の資料として役立たせていただきます。

本書についてのご意見、ご感想をお聞かせ下さい。
① 内容について

② カバー、タイトル、編集について

今後、出版する上でとりあげてほしいテーマを挙げて下さい。

最近読んでおもしろかった本をお聞かせ下さい。

お客様の研究成果やお考えを出版してみたいというお気持ちはありますか。
ある　　ない　　内容・テーマ（　　　　）

「ある」場合、弊社の担当者から出版のご案内が必要ですか。
希望する　　希望しない

ご協力ありがとうございました。

〈ブックサービスのご案内〉
当社では、書籍の直接販売を料金着払いの宅急便サービスにて承っております。ご購入希望がございましたら下の欄に書名と冊数をお書きの上ご返送下さい。（送料1回380円）

ご注文書名	冊数	ご注文書名	冊数
	冊		冊
	冊		冊

どうだったのじゃ」

と突っ込んできた。山本さんが苦渋に満ちて言った。

「約一カ月後、われわれはミッドウェー島の飛行場など軍事施設、軍艦の泊地施設を破壊する作戦（昭和十七年六月）を行いました。珊瑚海海戦で米豪連合艦隊を潰滅しているので、飛行兵の軍艦に対する魚雷攻撃訓練もそこそこ。ところが、撃沈した筈の米豪連合艦隊がミッドウェー島を警備していたのです。まさかのこと、攻撃艦隊にも油断があったのでしょう。先制攻撃され、忽ち空母四隻、戦艦・その他五隻が撃沈され、特に空母は搭載機三百二十二機のまま、飛行兵もろとも撃沈されるという一方的惨敗。だが、大本営はこの惨敗をひた隠し、『空母喪失一隻、大破一隻、未帰還飛行機三十五機』とのみ発表しました」

「そうすると、アメリカには撃沈された筈の幻艦隊が活動していたということか。珊瑚海海戦のアメリカの発表は謀略だったのか。ところで、戦果確認については手痛い授業料を払ったのじゃ。その後は慎重になったじゃろうな」

「いや、相変わらずです。その後アメリカが皮肉な発表をしました。日本は『米巡洋艦五十九隻、駆逐艦百四十八隻を撃沈した』と発表しましたが、実際は巡洋艦十二隻、駆逐艦六十三隻に過ぎなかったのです。日本の朝野は架空の勝利に酔っていたのです」

山本さんは苦笑した。信長は首を傾けながら呟く。

「大本営が、アメリカの損失は過大発表し、日本の損失は過小発表する。これは昭和人間が、ちょっとした敗戦でもすぐヘナヘナとなり、歯を食い縛って頑張るという根性がないから、故意にそういう発表をするのか？　それとも、現地部隊の報告を中央で勝手に修正すると人間関係が拙くなるから、鵜呑みにするのか？　とすれば人間関係の難しさが大局判断を誤らせることとなる。まさかと思うが、戦果を大きく報告する功名主義が強いためじゃあるまいな」

秀吉も戦果過大発表には驚いたらしい。

「そういう発表をしていると、アメリカは勝ち戦さと確信しているのに、日本は負け戦さとは思わない。これでは対等の立場で休戦を話し合う時期を見失うことになる。さらに戦局悪化しても、軍人のプライドもあって、今までの勝ち戦さを思わせる発表の手前、休戦が言い出せなくなる。時期遅れの休戦申し出は降伏したも同じ。もし降伏すると知れば、一般の将兵や国民は『勝っているのになぜ降伏するのか』と怒り、暴動化することにもなろう」

信長は、山本さんに現地の戦況事例を具体的に説明せよと指示した。山本さんは図星を突かれ悄然《しょうぜん》と言った。

「たとえばソロモン群島方向には、アメリカが七百機を常置しているのに対し、日本は数十機でした。マリアナ海戦では、六百機で攻撃したのにアメリカの戦闘機に殆ど撃墜され、敵艦の上空に達したのは僅かに六機、これも撃ち落とされました。これが航空戦力の実力差です。もうおしまいですよ」

信長は、「個々の敗戦現場で敗戦の兆しを掴んでもそれを報告させないのか、それとも、戦うことしか知らない戦争意識の欠陥か、ともかく昭和の指導者（軍人）には大きな欠陥がある、これでは負け戦さの負け方を考えるのは昭和人間では難しい」と思った。戦後のことだが、アメリカは五十万の大軍を投じ、ベトナムと戦った（一九六五年、ベトナム民族解放戦に介入、四年間戦った）。だが、戦さの意味がないと判断するや直ちに撤兵、和平した（一九六九年）。その変わり身の速さが日本にはない。日本の沖縄戦は、軍および島民義勇軍を含めて九万人、非戦闘員の死者が十五万人だったのに本土決戦を叫ぶ頑迷さ。それは、国民性の欠陥かと思ったら、信長はその変わり身を考えていた。

◆勝敗感を離れた休戦和平申入れ

信長は急に話題を変えた。

「アメリカが休戦講和を受け入れるのはどういう場合じゃろうか」

「それは、まず、真珠湾の無通告開戦にけじめをつけること、第二に、真珠湾でやられたという汚辱感が消えたとき、つまり充分仕返しをしたと思ったときでしょう」

と芝さんが答えると、グルーが口を出した。

「そう言えばミッドウェー海戦後、ニミッツ太平洋艦隊司令長官は、『これで真珠湾の復讐は一部成就した。しかし完全な復讐は日本海軍を無能力にするまで叩くことだ』と言いましたよ」

信長が笑う。

「やはりのう。勝ち戦さと分かれば戦さは楽しい。山野をかけめぐり、猪や兎を追いまわす狩りのように日本海軍をやっつけないと、真珠湾の怨みは晴れぬと言うのじゃな?」

「そういえば、アメリカはマリアナ沖海戦（昭和十九年六月十九日）で大勝しましたが、この海戦を〝マリアナの七面鳥射ち〟とほざいていました」

山本さんは口惜しがった。信長が重ねて聞いた。

「アメリカの朝野《ちょうや》が、してやったりと日本に対し優越感に浸ったことはないのか?」

どうやら信長は、休戦提言の動機・理由づけを考えているらしい。芝さんがそれに答えた。

「ありますよ。それはミッドウェー海戦の約一カ月前ですか、日本本土が空襲されました。これには日本の全国民が仰天驚倒しました。アメリカでは全国民が狂喜したと思います。ミッドウェーの大勝利と合わせれば、アメリカ国民としては真珠湾の仕返しをした気になったと思いますが、グルーさんいかがですか?」

「仰《おっしゃ》る通りです。だが、日本は最後の一兵まで戦うそうですね。しかし、そういうことを言うと世界の笑い者になります。戦さというものは、五十パーセントの勝算もないときは休戦を考えるのが大人の戦争です。最後の一兵まで戦うと本気で考えているなら、そんな民族がいるということ自体、世界平和の障害で、『最後の一兵まで戦うと言うのならその最後の一兵も殺そう。そんな民族は怖い。この世界から抹殺する方がよい』という戦争心理に走らせるのです」

信長は大きく頷き考えこんだ。

東京空襲は、昭和十七年四月十八日、空母三隻を基幹のアメリカの機動艦隊が、日本海軍のインド洋方面作戦中の虚を衝いて日本本土空襲を敢行したもの。B25十六機は東京、横須賀、新潟、名古屋、神戸を分散空襲したが、日本の高射砲はB25を一機も落とせず、大陸に逃げられ、米機動艦隊もまた無事に逃避、陸海軍の面目は丸潰れになったもの。

信長は漸く口を開いた。

「こういう口上じゃどうじゃろう」

信長の口上は次のようなものだった。B25十六機が、もし皇居を集中爆撃すればどんな重大な結果になったか、あえてここで言うまでもない。丁度その時、昭和天皇は皇居におられたから、全国民は吃驚仰天した。戦争相手国の元首だから、当然爆撃して然るべきなのにあえて爆撃しなかった。日本人が尊敬する皇室を大切に思ってくれるアメリカ人に感動し、果たしてそういうアメリカと戦って良いものだろうかと、日米戦争に疑問を持つ声が高まり、これが台風のように吹き荒れ、戦意さえ喪失しつつある。政府としても、皇室に関する国民の声を無視することは出来ない。よってここに休戦講和を申し入れる、という。

この予想外の口上に、我々は全く恐れ入ってしまった。ただグルーのみが口をへの字にして黙然としている。

「グルーさん、何か意見がありそうですね」

私は水を向けた。彼は言う。

「昭和十六年十二月六日（日本時間七日）、ルーズベルト大統領は天皇宛戦争回避親電を打電しているが、日本は受電しながら放置し、天皇に届けられたのは真珠湾攻撃三十分前、天皇はもう何もなしうる術がない。東郷外相は、内容は事務的なもので黙殺すると通知してきたが、これはアメリカの元首ルーズベルトを侮辱する行為で、その非礼に対し、アメリカ国民は怒ってますよ。折角の口上ながらアメリカは受けますまい」

「なるほど。信長案だけじゃ話は通るまい。何かご進物をせよということだわ」

と秀吉が秀吉らしい着想を述べた。忽《たちま》ち信長は何か閃いたようだ。

「現在連合国軍の捕虜は何人ぐらい居るのか」

「二十五万人（南方作戦終了時）です」

「それを、それぞれの母国に帰すのだ。理由は食糧事情の悪化で、母国のために戦った将兵に粗食を提供するに忍びない。よってそれぞれ帰国させ、名誉の戦士として厚遇を受けさせてやりたい、という口上だ」

ウーム、と石原さんが唸った。

「敵軍と対峙する第一線兵士には食糧は殆どロクに届かず、敵軍は豊富に食糧が空中投下されていた。だから捕虜にまでアメリカ並に食わす食糧はないのだ。奴等に日本兵と同じものを食わせても、虐待されているとほざきよる。日本の兵隊でさえ腹ぺこなのに、奴等にタラ腹食われてはたまらんよ。生産も輸送事情も苦しい時、奴等の食糧集めは大変な苦労で、奴等を帰国させるというのは妙案だ。人道主義的措置だから連合国では拒否できまい」

山本さんが意外なことを言い出した。

「実は、ドイツは、大西洋で連合国商船を襲撃した際、捕虜も一般市民も、連合敵国人は皆殺し、海中に落ちた者は助けず、インド洋で日独共同の連合国商船臨検の際も、同調せよと日本政府に厳しく要求してきたので、日本も連合国人は婦女子にいたるまで殺した。その数約八百人に及んだという。だから連合国は日本の捕虜虐待は相当なものだと思い、連合国の反攻速度は早まるばかり。日本の防衛準備はそれについていけないから、やはり捕虜は早く帰すに限る」

と、ホッとしたような表情だ。何か長く胸につかえていたようだ。グルーも捕虜の本国帰還を持ち出されたので、事後になった限定戦争通知でも休戦講和が可能と認めた。

◆単独講和禁止の日独伊三国同盟をどうするか

私は日独伊三国同盟（昭和十五年九月締結。ドイツを中心とした欧州新政治体制に、日本も協力するという同盟条約）関係が気になってきた。

「日独伊三国同盟では、単独で講和しないという取り決めがあります。昭和天皇は早くからこの問題を気にしておられました。信長さん、この問題をどう考えますか？」

すぐグルーが引き取って、突っ込んできた。

「日本は九カ国ワシントン条約を平気で破りながら、その違法性を否定し、逆に破ったことを正当化しようとした。日本は平気で条約を破る国なのに、どうして三国同盟にはそんなに忠実なのですか？　しかもドイツは日独伊防共協定に違反し、単独で独ソ不可侵条約を結ぶという背信行為を行い、そのため平沼内閣は総辞職したではありませんか。そのドイツにどうしてそんなに心中立てするのですか？」

信長は大きく頷いて言った。

「連合国に対し捕虜交換提案をした後、独伊に対し共同講和を申し入れる」

「ドイツは怒るでしょう。捕虜を帰国させることは利敵行為であり、三国同盟違反であると抗議するでしょう」

と石原さん。信長は笑った。

「そう出てくれば思うツボ。ドイツのようにユダヤ人の大量虐殺（六百万人虐殺、その他の虐殺数百万人）や捕虜を殺すような非人道的な国とは協同できないと脱退を通告するさ。それで、ドイツは日本に攻めてくるかな？」

「とても。ドイツ海軍は三流（日本艦艇保有数百三十万トン、ドイツ二十三万トン）なので、日本に攻め込む実力はありません。それどころかドイツは当初の破竹の進撃ぶりが鈍化しているので早晩降伏すると思いますよ。ドイツは、短期決戦で欧州のドイツ型新体制を計画したもので、長期戦化すれば計画の根底が狂い敗北は必至ですよ」

と山本さんは言う。戦時中、ドイツのユダヤ人大量虐殺の情報は日本でも分かっていた筈なのに、それにスターリングラードの惨敗（昭和十八年二月）後、ドイツの敗色は濃厚なのに、それでもドイツから離れなかった東条以下、戦争指導者の政治感覚というか、非常識ぶりに疑問を深くした。ユダヤ人大量虐殺を三国同盟離脱の理由にすることは日本の正義感をアピールし、和平条件交渉を有利にできる、と信長は読んでいた。

おかしいのは、三国同盟で単独講和禁止条項があるから日本は降伏できないと言っていたのに、ドイツが降伏（昭和二十年五月）しても本土決戦を唱えたということ。さらに、沖縄戦はドイツ降伏の一カ月前だが、その時ドイツの敗色は歴然だから、普通の常識ならば休戦を申し入れて沖縄戦は避けるべきもの。その常識が通らないこの国には何か大きな欠陥がある。最も奇怪なのは、大島駐独大使は、ドイツのリッペントロープ外相から、ドイツの旗色悪化に伴ない独ソ和平斡旋《あっせん》に口利きできる第三国人物の物色を依頼され奔走しているのに、また、ヒットラーに心酔した大島大使自身が、昭和十九年九月二十日、「ドイツは明年上半期に敗戦必至」との秘密電報を打っているのに、日本政府は何の反応もなく、ただ一億玉砕を叫び続けるという愚かさである。

第二部

秀吉の無手勝流戦略

――猛獣も腹が減らねば喰いつかぬ――

「秀吉さん、あなたには、アメリカとは一戦も交えずに日米関係を巧く調整する方策はないものかを、お考え願いたいものです」

「その前に聞きたい。約半年以上も気長に交渉しておりながら、急にハル・ノートという最後通牒が出るなんてちょっとおかしい。それなりに何か訳がありそうじゃが、どうかな？」

秀吉は慎重に質問した。

「実は、日本は一方的に交渉期限（昭和十六年十一月末日）を定め、その日までに交渉不調の場合は開戦と決め、その期限切れが近くなったので、マライ（シンガポール）、フィリピン等の攻略軍を、四十隻に及ぶ輸送船団と軍艦三十八隻を進攻予定地に向け進めさせました。それをアメリカの諜報機関が探知し、スチムソン米陸軍長官がルーズベルト大統領に報告、大統領は、和平交渉中に作戦軍の開戦配備をするとは言語道断の背信行為と激怒、その結果、ハル国務長官が命を受け、出たのがハル・ノートです（昭和十六年十一月二十六日）」

と、山本さんが答えた。

一◇ハル・ノートは最後通牒ではない

「ほう。だが、確かに最後通牒文書だったのかや?」

「いえ。長い交渉で折角歩み寄った話し合いもご破算になり、当初に逆戻りして、到底日本が受諾できないことを承知で、中国や仏印の日本軍占領地から、軍隊はおろか警察まで撤退、日独伊三国同盟の廃棄などを要求してきたので、日本は最後通牒と受け取りました」

山本さんが答えた。秀吉が見据えて聞いた。

「アメリカははっきり、こうなっては戦争じゃと言うとるのかや?」

「いえ。戦争とも国交断絶とも申していません」

「なら、最後通牒じゃないな。わかった。先程、一方的に交渉期限を決めたと言うたな。その交渉期限とは何時か。また、それは何のためじゃ」

「最初は十月末(昭和十六年)でしたが、天皇のご意向を想い、十一月末に延期になりました。戦争を仕掛けるためです」

「どうして交渉期限が十一月末なのじゃ」

「陸軍から、日米海戦となれば避けたい季節は何時か、と聞かれたので、冬は海が荒れるので嫌だ、と答えたら十一月末となったのです」

来栖が口をはさんだ。

「アメリカの日本大使館には、交渉は十一月二十五日で打ち切れ、と訓令がありました。二十六日にハル・ノートをもらっても、どうにもなりません」

「阿呆め。交渉期間は交渉上の目途じゃろ。話が巧くすすむ見込があっても期限切れじゃから交渉しないちゅうことがあるのかや。海が荒れないときの開戦なら、もう一冬越してからでもやれるじゃろ」

「ですがね、アメリカは日米和平交渉をだらだらと引き延ばして、日本の石油貯蔵量をできるだけ減らさせ、その上で開戦すれば、日本海軍は楽に仕止められる。このアメリカの戦略の裏を掻いて、開戦は一日も早い方がよい、というのが戦争指導者達の共通の意見でした」

と石原さんが言い終わらないうちに、グルーが「待った」と遮った。グルーによれば、アメリカが交渉を引き延ばしたのは、一歩も譲らない日本の強硬な態度は、独ソ戦でドイツの完勝を過信するからで、ソ連が優勢になってドイツの旗色が悪くなれば、日本の強硬姿勢も軟化すると見たからとのこと。そして意外なことを言い出した。

「独ソ開戦は六月（昭和十五年）でしょう。もしドイツのモスクワ攻撃が冬の厳寒期になれば戦局は一変する。それは、ドイツの戦車のエンジンが水冷式だから、冷却器の水が凍結し、砲の潤滑油も硬化し、操縦不能となり、戦局はソ連の優勢に一変しよう。ドイツに心酔する日本はそこまで読めなかったのですか？」

芝さんも、オヤと思い当たった。ドイツのソ連軍攻撃が計画通り進展しない上、日本が対米英開戦に踏み切る前提として期待したドイツのアフリカ・中東作戦は中止され、英本土上陸作戦は独ソ戦後になったこと。それで、英国降伏の好機を逸すとの駐独武官からの電報が参謀本部に入電する始末（昭和十七年二月十八日）。秀吉が言うように、対米英開戦は一冬越した方がよかったのではないか。ドイツのアフリカ・中東作戦に呼応して日本もインド洋中東に作戦し、英国が降伏すれば対米戦争も終わると天皇に上奏（昭和十六年十一月二日）した程の思い込みだったのだ。ハル・ノートの回答期限は三カ月後だったから、ハル・ノートをめぐる交渉に入っていたら欧州情勢は一変し、日米和平交渉は巧くいったのではないかと思われる。

「……しかし……」

と石原さんが言った。

「チャーチル英首相とルーズベルト米大統領は、戦艦プリンス・オブ・ウェルズ艦上で会談したようですよ。日米開戦の時期についてね。だから開戦はやむを得なかったでしょう」

秀吉は、ふざけるなと言いたげな顔つきになった。

「戦さを考えるのは、交渉情勢によってはお互い様じゃろ。開戦を匂わせる外交交渉もある。一日も早い開戦と言うが、勝利の見通し十分の自信があるのかや」

秀吉もどうやら日本開戦には反対らしい。

◆アメリカは日本と戦う気はなかった

秀吉がグルーに呼びかけた。

「グルーさん。なんであんたの国は、日本が嫌がる撤兵問題をそのものズバリに出しなさるのや。も少しなんとか柔らこう出しようがある筈じゃが……」

秀吉は、アメリカも高圧的な態度に出過ぎていないかと思った。グルーは説明した。

「アメリカの日本大使館の若杉公使が、日本からの帰任挨拶をサウチー・ウェルズ国務長官代理にしたとき（昭和十六年十月八日、長官は休暇中のため）、『日本は全中国から全兵力を撤退する用意がある』と話している。ウェルズ長官代理は余りに重大な発言なので、聞き違えたのかと思い問い返すと、一度ならず二度までも言明しているのです。また日本は、北にも南にも進出しないことを誓約してもよいと言っておった。こんな重大な発言は一公使が勝手に発言できる内容ではありません。本国政府の了解を得た発言と受け取りました。恐らく日本政府としては内部的には言い出し難いから、むしろアメリカに言わせて日本内部をまとめようとするものと解したようです」

若杉公使の発言は、本省のどういうすじからの指示なのだろうか。これも軍部すじに対向する二重外交方針のせいだろうか。おかしな話だと思った。さらにグルーは言った。

「秀吉さん、あなたは日米和平交渉の本質をどうお考えですか？　日、米、英、仏等九カ国が中国の領土保全等を約束する条約に日本が違反して全中国を侵犯したので、アメリカは日本に注意して、日中の円満な解決を望むもので、そのために日本と戦うなどとは考えていません。もし日本と戦えば、アメリカは実に夥しい戦死傷者を出すことでしょう。それはアメリカのための犠牲ではない。すべて中国のためです。そんな馬鹿げたこと、なんでアメリカがせねばならんのですか。だからアメリカが、日本に最後通牒を出すなんて考えられません。

十二月一日（昭和十六年）、ハル国務長官は、日本とアメリカとは戦うべきなんらの理由も何もないと明言していますし、アメリカの参謀総長も軍令部長も、日本と戦える兵力準備がないから、日本とは戦争にはならないと言明していますよ」

「おかしいのぉ。俺もハル・ノートは最後通牒じゃないと思うのさ。俺はアメリカの最後交渉案と思うのじゃが……。当時の戦争指導者の頭、どうなってたんじゃろうか？」

と、秀吉が珍しく独り言を言ったのでみんな苦笑した。

「来栖さん。あなたはハル・ノートを受け取ってどう思いましたか？」

私は交渉現場の空気が知りたかった。

「私は、アメリカの最終提案であって最後通牒とは思いませんでした。アメリカは日本の本音をテストしたと思います。日本軍が南方で作戦行動を起こす準備をしているという情報が頻頻《ひんぴん》と大統領府に入るのです。そこで、日本が本当に戦争する気かどうかを確かめるため、内容のきついハル・ノートをあえて出したのです。戦争か平和かを日本に選ばせたのです。もし私に、東京に請訓《せいくん》することなく日米戦争をまとめる全権を与えてくれていたら、私は平和を選びました。だが、当時の陸軍の雰囲気では、私は帰国後何日生きられますかね」

グルーは薄笑いして言う。

「アメリカは、日本がヒットラー宛に対米開戦する旨打電したのを解読しました。それを承知であなたを死なせるようなことはしませんよ」

◆陸軍の過剰親独ぶりが国を誤らせた

グルーは軽いゼスチャーを交えて言った。

「日米和平交渉が巧くいかないのは、ヒットラーの影が映っているからですよ。アメリカは、日独の危険な接近を警戒するため、日独間の暗号電報を解読していました。その結果、日本の高級軍人・政治家には、天皇の臣なのかヒットラーの臣なのか疑いたくなる人がいて驚いたのですから。なんでもかんでもヒットラーに報告し、その意見を求めているようなふしがありましたよ」

「まさかそこまで。親独派（陸軍）にも呆れたもんだ」

と芝さん。私は呆気にとられて言葉が出なかった。

「ドイツは、欧州をドイツ中心の新しい政治体制に作り変えようとし、日本は、アジアを日本中心の新しい政治体制に作り直そうとし、これに反対するアメリカと、アメリカに認めさせようとする日本とでは、当然平行線。そこで、ニューヨーク州のカトリック伝導協会のウォルシュ、ドラウト両神父が業を煮やし、日米民間人で日米和平交渉試案をつくり、ルーズベルト大統領に見せました。大統領は、対立する政府の立場を離れた和平試案を両国政府が修正するという新しい交渉方式に関心を持ち、もし日本政府がこの交渉方式に同意するならその方式で交渉しても良い、との諒解を与えました。これが『ドラウト案』とも『日米諒解事項』ともいわれるもので、陸軍の高級参謀も、近衛系の人物も参加してまとめたのです。

ところが、野村大使は、勘違いなのか、彼なりの思惑からなのか、アメリカ政府の交渉試案として東京に報告したのです。しかも松岡外相は、それをそのまま、日米を戦わせたいと思うヒットラーに報告したのです。つまり日本は、日米交渉もヒットラーの鼻息を伺いながらするということ。これにはアメリカも驚きました。結局、松岡外相の反対で潰れました。ルーズベルトも大変期待していたのですがね」

とグルーは曝露した。

「日本としては、欧州を制覇するドイツと組んでも日米関係に不安はない、という判断になったのです。但し、日米諒解事項は東条も総理も喜んでいたのですがね。残念でした」

と石原さんが言うと、グルーは冷ややかに言った。

「ドイツの欧州制覇が、全局面を科学的に考えた判断なら、それはそれなりに結構です。だが日本には、長いものには捲かれろ、寄らば大樹の陰という処世訓がありますね。これはただ強いものには便乗せよという小賢しさを良しとする処世訓ですね。日本政府もそういうものですかね。果たして、ドイツは〝長い〟かどうか。〝寄るべき大樹〟なのか、諸情報を集めて検討しましたか？　で、日本がドイツに惚れ込んだ直接の動機はなんですか？」

「それは、ドイツは近くイギリス本土に攻め込む、イギリスがドイツに降伏すればアメリカが手を引き、ドイツの欧州制覇は完成する、というドイツの読みに共鳴したのです」

と、石原が言えばグルーは薄笑いした。

「英国は保有艦艇二百万トンの世界一流の大海軍国家。その英国にアメリカは駆逐艦五十隻を貸与しました。その情報を知れば、保有艦艇二十三万トンのドイツ軍の英本土上陸作戦はまず不可能と気づくでしょう。ドイツの内閣官房長官フォンランメルスは、『極力アメリカを欧州戦に参戦させてはならん。アメリカが参戦すれば、一年目はともかく、二年目からはアメリカの工業力がものを言って、ドイツは非常に困ったことになる』と漏らしています。この情報は、ヒットラーの側近、ランマール夫妻に確認していますから、間違いはありません。つまりドイツの強さは、蓄積された武器弾薬が底をつかない間だけの短期戦力で、長期戦には耐えられないのです。ドイツは長期戦に耐えられない国であり、アメリカは、同時に日本とドイツを相手に何年でも戦争できる大工業国であり、人的資源を持つ国と何故気づかなかったのか。それに気づけば、日本は三国同盟など結ばなかったと思いますよ」

グルーの舌鋒がますます冴えてきた。

秀吉は、

「全世界には日本の外交官も武官も何人もいたのに、どうしてグルーさんの言われるような情報が入らないのか」

と、憤りさえ覚えていた。

◆ハル・ノートは日本の立場を考えた調停案だった

秀吉はアメリカの本音を探りたくなり、グルーに尋ねた。

「ハル・ノートは、アメリカが一方的に言いたい放題に書きならべたものかと思ったが、そうでもないらしい。ハル・ノートが、日本の立場をも考え、日米和平をまとめ上げる誠意の籠《こ》もった案だと言うのなら、その点どうなんじゃ」

「そうは言われても日本は日本、アメリカはアメリカです。日本の立場を考えると言っても、限度がある。それよりも、私が言いたいのは、過去の交渉のなかで、アメリカがはっきり言明したことをハル・ノートは一切否定した訳ではない。だから、これまでアメリカが述べていることとハル・ノートを重ねれば、ハル・ノートだけ読んで持つ疑問は解消する筈だ。たとえば昭和十六年六月二十一日、ハル長官が野村大使（当初、駐米大使館は野村大使一人だった）に渡した書面では、『日米和平条件のなかに、内蒙古および華北に日本軍の駐留を許す規定を入れろ』との日本の要求を拒否したのは、中国の主権を制限する規定を日米で決めるのは国際法上非常識であって、日中間で、防共または経済関係から日本軍の駐留を合意するならそれでよい旨を明らかにしているじゃないですか。ハル・ノートにそうと書かれていないのは、六月二十一日の書面の関係です。それを論外に、最後通牒だなどと騒ぐのはおかしいじゃないですか」

芝さんが説明した。

「ハル・ノートは、色々な交渉すべき問題点を出しています。これは日米交渉を引き延ばして日本の石油の減少を待って日本を討つ方針と、日本側は読みました」

「そういう日本の不安をアメリカでは察していました。そこでその不安をなくすため、ハル・ノートは、英、米、中、ソ、タイ、オランダ、日本の七カ国で不侵略条約を締結しようと提案しました。この多国間不侵略条約を結べば、アメリカが頃を見て日本に開戦するようなことにはなりません。それに、日本は通商条約が廃棄され、輸出入杜絶で困っているだろうからと、新通商条約の締結も提案したし、凍結した海外資産解除も、それに民需用の石油も供給するし、もし財政難なら金も貸そうと提案しています。しかもその上に、ルーズベルト大統領から天皇宛に、戦争にならないようにとの親電まで差し上げているということは、なんとしても日米和平をまとめたいと言う誠意こそあれ、最後通牒だなど、どこを押して日本はそういうのか、全く不可解千万です」

とグルーは悲憤慷慨した。すぐ石原さんが反駁《はんばく》した。

「それほど日米和平を願っていたのなら、なぜ日本の最終提案を剣もほろろに冷たくあしらったのですか。あの最終提案は、日本としては思い切った譲歩案だったのですよ」

グルーは薄笑いした。

「日本の最終案ですか。実は、アメリカは、日本の駐米大使宛の暗号電報を傍受、解読しましたが、『日本の最終案を送る。いずれ譲歩案を送るが、できるだけ最終案で妥結するよう努力せよ』という電文がありました。だから野村大使が最終案を説明しても、いずれ譲歩案（日本ではこれを乙案という）が出ると分かっているから、大使の説明は殆ど聞き流しですよ。それに譲歩案の次に再譲歩案があるかも知れないし。日本の肚《はら》が分からぬということですよ」

「そりゃ、なんということだ。最終案（日本では甲案という）も日本としては大論議の末、反対意見を抑えてまとめた案だったのに、軽く聞き流されたとはね。乙案はどうだったのですか？」

来栖大使がルーズベルト大統領に説明した時の感触をこう述べた。

「ルーズベルトは、期待外れの一語に尽きるという表情だった。ハル国務長官は、日本はどこまでわれわれを愚弄するかと怒っていました」

「おかしいな、それはなんで？」

「日米和平交渉が急転悪化したのは、日本は駐米大使館に十一月で交渉打ち切りを指示（アメリカは暗号電報を解読）、大軍団と艦隊を南方要地に進出させ、南方侵略の意図が見え見えで、開戦の待機をしていることを、全く頬被りして野村や来栖は白々しくもニコニコと日米和平を熱望するかのようなふりを見せた。石原君が大譲歩したと言われるのは、中国からの撤兵を認めたことでしょう？　しかし撤兵は、日中の和平が成立しても治安を確保してから撤兵するということ。それは、日本がそうと認めない限りは撤兵しないということ。しかもアメリカに即時中国支援を止めろと言うのです。支援が止まれば中国の戦力は落ちる。そこで日本は中国軍に完勝する。そういう謀略を秘めた日本の最終案、こんなもので日米和平すればアメリカは後世の笑い者になろうと。日本の最終提案は逆効果になったのです。われわれは極力その誤解を解こうと努力した結果、アメリカは日本の本音を探ろうとしました。それがハル・ノートなのです。また、日本が戦争をしかけてくる場合に備えて、アメリカは全陸海軍に警戒態勢を下命しました。また、もし和平の途を選ぶならば、日本が二度と食言しないようその体制づくりを考えました。ハル・ノートは和戦両様の苦心作です」

「それで日本政府の回答はどうでしたか」

「交渉打切りの指令でした。そこでわれわれは、この上はルーズベルト大統領から天皇宛戦争回避の親電を打ってもらうようにと、その下工作を始めました」

確かにハル・ノートには日米和平への曙光《しょこう》が見えるものがある。だが、十一月末交渉打ち切り、十二月初旬開戦の御前会議決定があるから、ロクにハル・ノートを読みもしなかったのではなかったか。野村大使は海軍大将で、外務大臣の経験者。もし、「ハル・ノートで日米和平の新展開ができる」と来栖と意見が一致したのなら、腹を斬る覚悟で交渉継続を政府に提言して欲しかった。それだけ肚《はら》の据わった武士《もののふ》であって欲しかった。

◆日米和平交渉が巧くいかない訳

「日米和平交渉が巧くいかないのはどういう訳じゃ」

秀吉は、ダラダラ交渉に納得がいかなかった。こんな話になってきたので、ドラウト神父に出てきてもらった。

「それはね、まず、松岡外相がアメリカでは嫌われぬいている人物であるということ。それにアメリカの大統領ルーズベルトは中国贔屓。また、国務省の法律顧問ホーンペックは中国べったりの日本嫌いの最右翼。これが歯車が合わない原因でした。そこで私は、お互いに先入観を持たせないため、日米諒解事項原案を日米両国政府が検討していく新しい交渉方式を提案しましたが、松岡外相は『俺の知らない外交は認めない』との独善性によって潰されてしまいました。

ついで、日米人の考え方の相違が指摘されます。アメリカは『法の支配』の思想が強い国で、原理原則を大切に、すじを重んじる国です。

中国については、アメリカは九カ国条約から、①領土主権の不可侵、②内政不干渉、③通商上の機会均等、④国際紛争の平和的解決、の四原則をつくり、まず日本がこの四原則の存在を認め、ついで、これに違反する行為を行ったことを認め、この違反した事実を修正するにはどうするか、そうならざるを得なくなった特殊事情を考えて原理原則との調和を考える。それが交渉のすじ道と考えるのです。ところが日本は『法支配』思想の認識が低く、法は一応の規準であって、法は法、事実は事実という二律性を認め、その調整は、法の弾力的解釈にあるとするから、安易に法の違反とはしない。また、形式的には違反であっても実体的違反ではない、という理屈をも持っている。アメリカは終始四原則を認めろと迫ったが、野村さんは、アメリカが満足する反応を示さなかったのです。とかく軍人は自分が言い出したことは一歩も引かぬ風があるのです」

「でもね、松岡外務大臣は、『アメリカに対する外交は常に強硬外交で押しまくれ。少しでも譲歩しようものなら、どこまで譲歩させられるかわからん国だ』と指示していたから、野村さんの硬直性はそのせいだと思いますよ」

と、私は野村さんのために弁解した。

「ではあなたは野村大使にどういう外交交渉をして欲しかったのですか?」

私はもう少しドラウトに意見を言わせたかった。彼は述懐した。

「私は、野村が日本政府に、平和か戦争か、何れを選ぶべきかを考え込ませる報告をして欲しかった。それには、アメリカ方式に乗って四原則を認め、日本の主張と調整させたら、日中戦争はどういう解決の収まり方になるかを瀬踏みすべきでした。それで満足するか、それとも四原則否認を固執し、万一アメリカと戦争になった場合、膨大な数の飛行機・軍艦を急速に造り出すことのできる大工業国アメリカと長期戦争をするのか、何れを選択するかを本国政府に考え込ませるような報告を出して欲しかった。グルーさんの言う『戦争一歩手前政策＝ショート・オブ・ウォー』(駐米大使が野村海軍大将に決定したとき、グルーは今後の日米交渉はこの政策でいくべしと述べた)を、野村さん自身が本国政府に対してとって欲しかった」

来栖は言う。

「赴任の際、野村大使に打電した日本の最終提案で、妥結の見込み如何と東条総理に聞いたところ、『三分』と答えたので、わが耳を疑いました。なぜ妥結見込み五分の案が出せないのか。それに、『十一月末で交渉を打切れ、それまでに交渉妥結に努力せよ』と訓示されました。自分に与えられた交渉期間は僅か半月、そんなことできる筈はない。これじゃ戦争が既定方針のようなもの。いったい自分はなんのためにいくのか、と訝《いぶか》りました。真珠湾奇襲となるや私は、アメリカ騙しの偽装外交に来たと、相当言われましたよ」

ドラウトは笑った。

「日本は対米交渉のコツを何も知らない。日本は最終提案で中国への援助を打ち切れと要求しましたね。それは、アメリカが対英援助をするのは、ドイツの国際秩序破壊に抵抗する勢力援助という原則論を遵守するからです。中国への援助も、日本の国際秩序破壊に抵抗する勢力援助の原則によるもの。日本の要求する対中援助打ち切りは、アメリカにとっては『対英援助原則をも捨てよ』に連動するもので、それはアメリカにとって降伏同然なのです」

実は、中国も朝鮮も、否、世界各国の殆どが原理原則国家なのだ。それをまったく無視し、日本的考え方を押しつけたのが、昭和日本崩壊の原因じゃなかったのか。明治以降の外交官は何を勉強していたのか。軍という素人外交がのさばり出てきても、外務省という専門家の誇りと権威はあるだろうに。ひょっとしたら、外務省も外国のそれぞれの国の考え方には無頓着で、ただその国の言葉さえ話せたら一人前の外交官と思っていたのではなかろうか。

二◇陸軍の対米主戦論者をどう抑えるか

私は話題を変えた。

「今までのお話で、ハル・ノート受諾が最善としても、陸軍部内には強硬に対米戦を主張する青年将校団がいます。陸軍大臣でも、この人達を説得するのはむずかしいのです。日米交渉が暗礁に乗り上げたとき、ルーズベルト大統領と近衛文麿の会談でまとめる話がありました。このとき近衛は、『巧く話をまとめて帰ると殺されるね』と漏らしていました。米内光政元海軍大臣も、アメリカと戦ったら負けるという意見の持ち主でしたが、日米戦反対の表だった動きはしませんでした。すれば殺されるのです。秀吉さんがハル・ノート受諾論を理解させる前に、秀吉さんは凶弾に見舞われるでしょう。そういう相手です。この少壮気鋭の青年将校団をどう説得されますか？」

◆陸軍の主戦論拠

秀吉は怪訝な顔つきになった。

「海軍大臣は閣議で戦争反対を言えないのか？」

「海軍としての名誉と立場があるので、アメリカと戦えば敗けるから戦争反対とは言えません。油は二年分しかない。一年か一年半ぐらいは大暴れに暴れる、としか言えない。以心伝心、それで分かるのでは？」

と山本さんが答えた。信長が目を剥《む》いた。

「国の存亡のとき、海軍の名誉も立場もあるまいに。そんなものがあるから誤った戦さをすることとなる」

秀吉は笑った。

「大暴れの以心伝心か。俺はこの言葉、長期戦はできないが短期戦でも勝つかどうかは分からないと聞いた。軍人として負けるという言葉を使い難いのも分かる。それで青年将校連中は主戦論を唱える以上、勝つという前提じゃろ。勝つという根拠をどう説明しているのかい」

「彼等は、海軍が大暴れに暴れるということは短期決戦作戦で勝つというふうに解釈しているのです。日本は戦えば必ず勝つという建前にしています。それで、海軍は勝てないと言えないのです。それにドイツが欧州を制覇するから、この新しい世界の流れに日本が置き忘れられてはならない、ということです」

と芝さんは言うのだが、秀吉は笑い出した。

「日本に油がないのだから、陸軍は、中国戦線を縮小して陸軍の油使用を減らすとは言わないのか。兵器の生産資材の割り当てを譲歩するとも言わないのか。ただ、海軍が勝つ、ドイツが勝つという他力本願だけじゃないか。そんな子供の唱えるような主戦論に大臣が引きずられるとはなんとしたことか」

◆アメリカは簡単に日本に勝てる

秀吉は暫く考えていたが、

「どうかな。君達は青年将校になったつもりで、今から俺の言うことに反対でも批判でもして欲しい。俺は陸軍大臣を呼んで、もしアメリカが俺の言う戦争を仕掛けてきたらどう戦うのかと聞く。それはな、アメリカがソ連の日本海寄り沿海州地域内に、アメリカの陸軍攻撃機の根拠地となる一大飛行場をつくり、また、北樺太にアメリカの戦車基地をつくる。Xデーを期し、まず、満州および朝鮮内の日本の飛行基地を中心とする施設および河川の鉄橋を悉《ことごと》く爆破する。この爆撃の目的は、満州国内の日本の戦闘力を低下させ、中国の満州奪回軍の進攻を促すこと。日本には復旧能力がないから、流言蜚語が乱れ飛び、日本の諸機関に協力する中国人は離散逃亡する。このため日本の諸機関の機能は動かない。治安は乱れ、満州国は崩壊しよう。朝鮮の爆撃は、地下に潜行して活動する朝鮮独立党の活動を活発化させるためじゃ。

第二波の攻撃は、日本の油の貯蔵タンク、港湾施設および鉄道の鉄橋や橋、貨物船を爆破する。アメリカは日本の海軍撃滅など考えない。日本の弱みは交通の潰滅。交通機能が停止することは人体から血液を抜くようなものじゃ。これで日本は内部崩壊する。また北樺太の戦車群は一挙に南樺太を占領する。日本人は人質同然となる。陸軍大臣に、アメリカがこのような攻撃をしてきた場合にどう撃退するかを考えたことがあるか、と聞く」

「そんな攻められ方、考えたことはありませんよ。日米戦が日米陸軍の戦いになるなんて夢にも考えていません。秀吉さんの言われるような攻撃をされては全くお手上げです。日本は三カ月以内に降伏することになりましょう」

石原さんも山本さんも、呆れ果てたという表情で感服した。

「陸軍大臣も参謀総長も答えられないと思います。そのときはどうなさるので？」

と聞くと、

「二～三日の猶予を与え、陸軍および参謀本部内で研究させる。どうせロクな対案をもってこないと思うので、そのときハル・ノート受諾を納得させる」

と言う。

グルーは笑いながら言った。

「そんなに早く日本に降伏されちゃ困るよ。四～五年は戦って、軍需景気で企業が儲かり、失業者も救済しなきゃね」

私達はかえす言葉がなかった。

◆日本はウソつき国家か

グルーさんが手をあげた。何か質問したいらしい。

「私は分からないことがある。日本政府にはウソが多い。約束したことも簡単にひっくり返す。そのため、日本はウソつき国家と言う悪名が高いのです」

私は、すぐにはピンと来なかった。

「ちょっと話が分かりかねます。具体的にはどういう話なんですか？」

「満州事変が勃発したとき（昭和六年）、アメリカが九カ国条約（大正十年、ワシントン会議）違反だと抗議したところ、出渕駐米大使は、『日本の軍事行動はどんなに広がっても、東三省以内にとどめる。決して熱河省内には入らないで事件を解決するから、大目に見てくれ』と言う。日本政府も事件の不拡大方針を声明したので信用していたら、その舌の根も乾かぬうちの一カ月後、熱河省入口の錦州を攻略した。中国が錦州地帯の中立化を国際連盟に申し立てるや、日本軍は全軍を撤収したので、国際連盟もアメリカも安心していたら、二年後には全熱河省を占領（昭和八年二月）、さらに華北に進出し、第二の満州国を作るという軍事作戦に入った。列国の抗議・批判が強く、天皇の命で長城線（万里の長城）に戻ったが、国際世論が落ち着くと、再び華北一部地区の満州国化軍事行動を起こして中国軍と衝突、停戦和解して、協約にもとづいて中国軍は撤退したにもかかわらず、日本軍は撤退しなかった。

　昭和十二年には、天皇の不拡大方針に拘わらず、抜本的に日中紛争を解決する名目で全中国にわたり軍事行動を起こしましたね。また、日米和平交渉の大詰めで、アメリカの回答待ちの日本は、南太平洋作戦軍を四十隻近い大船団――巡洋艦等三十八隻が戦略要地たるマレー半島クラ地峡方向に進航した。日本は言うこととすることが違う。これに関してどう説明しますか？」

と、グルーは憎々しげに苦情を述べた。

「その昭和十二年だがね、華北出動の五カ師団は、交渉のコの字も進まないうちに中国軍を攻撃し始めた。日本側が提出した和平条件は、中国の降伏を前提とするような過酷なもので、蒋介石を激怒させ、こうなっては征服するほかはないと、南京攻略軍となり、政府はこれじゃいけないと、ドイツのトラウトマン大使に和平斡旋を依頼しました。常識的に言えば、政府依頼の斡旋だから、南京攻略軍は進攻を止めるべきなのに、進撃を止めない。南京攻撃の直前になって蒋介石も折れ、日本の要求を受け入れそうになったのに、日本軍部は、南京が陥落すればもっと大きな要求ができると、あえて交渉を妥結せず、南京を陥落させてしまった。軍（統帥）と外交の鼻の突き合わせ、ここまでくれば正に病膏盲《こうもう》に入るということですね」

どうやらウソつき国家と言われるのは、国の意思を決める円心がどこにあるのか、はっきりしないためらしい。

石原さんは渋面そのもので述懐する。日本の最大のウソは、蒋介石政権の重鎮・王兆銘《ワンジャオミン》工作で見られる。昭和十三年十一月三十日の御前会議で、王兆銘が重慶《チョンチン》（蒋介石政権の首都）を脱出すれば、近衛総理は中国からの撤兵を声明、これに応じて王兆銘は南京に新政権を樹立し日中和平運動を展開。王の関係勢力は一斉に新政権に参加、このため蒋介石を下野に追い込み、日中の全面和平成立という謀略。やっと王を説得し、十二月八日、王は重慶を脱出したが、近衛声明から撤兵事項は削除されたので、王兆銘は全中国から見離され、売国奴として軽蔑された。

三◇国務優先か、統帥優先か

秀吉は、なぜ統帥がからむとこじれるのか分からなくなった。

「天皇の外交であり天皇の統帥なのに、どうしてこの二つ、巧くいかないのか」

「軍事に関することは天皇に直属する統帥機関（参謀総長、軍令部長）が担当し、それ以外の者は誰も、ものが言えないのです。たとえばクラ地峡方面への軍隊輸送は、天皇も総理も知らず、統帥部の独断だと思います。アメリカからの回答待ちを承知でやったとすれば、色よい返事をもらうための武威外交のつもりじゃなかったでしょうか。とすれば外務大臣に協議すべきもの。だが軍を動かす統帥がらみですからそれもしない。誰も文句が言えないのです。日本独特の内政組織上の重大な構造欠陥です」

と私は弁解したが、グルーは吹き出すような笑いを抑えるように言った。

「申し訳ないが、資源もなく人口も少ない日本を、アメリカは小国と見ています。その小国に武威外交されて大国アメリカが怯《ひる》むと見るとは、日本人もおめでたい民族ですね。もし奇襲を狙ったとすれば卑怯な民族ですね」

◆統帥権優先は東郷元帥の一喝から

グルーは聞く。

「それ程軍の統帥と国務の絡みが問題になっていて、国防を共同分担する立場で、なぜ、海軍大臣は統帥権の定義なり、そのあり方、国務との調整などについて問題提起をしないのですか?」

「実はね、統帥権優先の口火を切ったのは、海軍の大先輩・東郷平八郎元帥(日露戦争のときロシアの東洋艦隊に圧勝した)なんですよ」

と山本さんは苦笑いした。彼によると、

「一九三〇年(昭和五年)、世界的な平和風潮から、日、米、英、仏、伊の五カ国はロンドンで軍縮会議を開催、日本の海軍補助艦艇の対米比率を六割九分七厘と決めました。実は、米、英、日の戦艦保有率はワシントン会議（一九二一＝大正十年）で、五：五：三と極めて低率に定められており、その上に補助艦艇も低率に抑えられたので、海軍は強硬に反対した。当時の日本は大変な財政難で、これを受諾する方向だったのです。が、東郷さんは、それは国務による統帥権の干犯だから、批准するなと、強硬に反対されたのです。これは明らかに軍人の政治干与で、明治天皇ご制定の軍人に与えられたご訓示に反する。それなのに、堂々とやってのけたのです」

山本さんはさらに語気を強め、言い切った。

「満州事変のとき、谷口海軍軍令部長が、『結局対米英戦争にまで発展する可能性があり、日本の国力では対応できない』と、陸軍を抑えようとしたとき、東郷元帥にこっぴどく叱り飛ばされています。『軍令部は、毎年作戦計画を陛下に奏上している。それは米英と戦える前提でたてられている筈だ。それを今更戦えぬと言うのは、これまで陛下に嘘を言上したことになる』とね。以来海軍は、対米英戦については一切口を慎むことになりました。東郷の金しばり現象ですよ。対米開戦論で、天皇は直接嶋田海軍大臣に『大丈夫か』とご下問になったとき、『大丈夫です』と奉答している。海軍省内で大丈夫と言えるものは一人もいなかった筈なのに、海軍大臣も東郷の金しばりから抜けきれないのです」

「どうしてそう言えるのか」

と秀吉が不審がった。

「実は、米内光政大将が海軍大臣のとき、私は事務次官でしたが、三国同盟を結べば日米戦もありうるので、その場合どうなるかを調べました。その結果、とても勝てない、と結論しました。それは、多年に渡り日本は親英米政策をとっていたので、本気で英米海軍と戦える海軍をつくってはいなかったのです」

「本気で戦えない海軍とはどういうことなのじゃ？」

秀吉はおかしなことと訝った。

「戦さは攻めと守りです。地球の三分の一ぐらいの広い太平洋。日本は島国だから、生活物資、生産資源を輸送する船の航行安全が絶対必要で、広い太平洋でどこから攻められても大丈夫という海上輸送の警備には、潜水艦も発達しているので、相当莫大な金がないと守りの海軍はつくれない。国の財政が苦しい日本としては親英米国策のもと、そういう海軍をつくる必要はなかったのです。そこで、英米と戦うにしても、艦隊決戦のみを前提にした海軍をつくりました。それを、今更英米と戦えと言われても、アメリカが潜水艦による輸送船攻撃と艦隊群による正面攻撃との二面攻撃に出られては戦える訳がない。守りの海軍がないという日本海軍の構造的欠陥です」

「では対米開戦を決意した嶋田海軍大臣のときは、その構造的欠陥とやらは改善されたのかよ」

「とんでもありません。守りの海軍は空母を造り、潜水艦探索の飛行機、それに商船警護の快速駆潜艇も、かなり大きな艦隊を編成せねばならず、金と年月が必要です。短期では速成できません」

「ならば、嶋田海軍大臣はなぜ大丈夫です、と陛下に奉答したのですか？」

と私は突っ込んだ。山本さんは冷然として言った。

「われわれが如何に米英とは戦えぬと言っても、統帥の責任者たる軍令部長がそれでもやれると言明した以上、われわれは従わざるをえないのです。軍令部長が戦えないと言うと、では今まで何をしていたかと怠慢を責められ、陛下を騙したのかと東郷理論に責められるのが怖いのです」

グルーが質問した。

「もし、海軍大臣が閣議や御前会議で、アメリカとは戦えない、戦えば敗けます、と発言したら陸軍はどう出ましょうか」

「戦えないなら戦える海軍に建て直すべきなのに、それをしないのは怠慢だ、そういう大臣は罷免せよと、陸軍からは強い申し入れがありましょう。総理が拒否すれば、陸軍大臣は辞職するでしょう。そして後任を出さない。そうなればその内閣は総辞職になります。

海軍大臣は海軍部内からは海軍の顔を潰したと非難され、結局割腹する破目になるかも」

山本さんは、米内海軍大臣が三国同盟に反対したため畑陸軍大臣が辞任し、陸軍が後任を出さないため、ついにその内閣が総辞職した苦い経験から、そう答えた。

「軍令部長が『戦えない、負ける公算大』と言ったらどうなりますか？」

とグルーは追求する。

「そんな弱腰の軍令部長は更迭せよと要求してきましょう。しかし、軍令部長になり手がなかったら、陸軍の主戦論者も下火になりましょう。但し、国民の海軍罵倒は激しく、これに耐えねばなりません」

グルーは、言論の自由もなく、職責に忠実な発言もできないこの国を不思議がるばかりだった。しかしこの国は、言論の自由を抑え込む「聖域」を作るおかしな人間関係があるのではないか、だから軍令部長になり手がないということにはなるまいと見た。

総理が内閣をつくるのは、真に国のための人材を集めるというより、自分に気の合う者を集め内閣の一体化を図るためだ。日本の政権の権力構造は人間関係が基盤だから、気の合う者同士の政策決定は反対も批判もない現実を無視したものになりがち。これは人間関係の強い集団で国が成り立つという、日本の構造的欠陥かもしれない。「東条から声がかかれば断れない」という人間関係を持つ人がいるということなのだ。

◆世論操作され易い国民性

グルーは怪訝な表情で聞く。

「それで国民は黙っているのですか？」

「一般に、日本人はマスコミの論調をそのまま受け容れる傾向にありますが、そのマスコミが軍に言論操作されているので、新聞は軍の機嫌取り報道ばかり。真の意味の世論というのがないのです。うっかり軍を批判をすると、どんなエライお役人でも新聞人でも、一兵卒として召集令状が来て、戦地にやられましたよ。そんな召集兵が七十余人に上ったそうです。これでは新聞人も、我が身可愛さから言論操作されるのです」

「政党はどうなんですか？」

「政党も軍の指導で、事実上の一国一党化してしまった（昭和十五年、政党消滅）。国の非常時ということで、国論の一本化を進めていたのです。政府はアメとムチで世論操作するのです。政府の言論統制を受け入れる者には地位と名誉を与え、反対すれば地獄の弾圧でした」

と芝さんが答えた。グルーは重ねて聞いた。

「どうも日本人は、大きなものに捲かれたがる国民性がある上に、自分独自の判断がないようだ。だから与論操作し易いのです」

と痛い指摘をしてくれた。言論操作だけではない。政府は国策順応に地ならししたのだ。モンペを穿かない婦人は地域婦人団体から国賊まがいの罵声を浴び、男も同様、国策批判者は地域社会から国賊呼ばわりされ、密告されれば兵隊に持っていかれた。それは陰湿な国民相互の監視だった。

芝さんが重苦しげに口を開いた。

「東条は戦争批判者を徹底的に弾圧する恐怖政治を行いました。軍部批判の急先鋒たる議員（中野政剛氏）は自殺に追い込まれたのです」

「それじゃあ、東条暗殺が密かに練られたのも分かりますね」

と山本さん。

「アメリカの損害は過大に、日本の損害は過小に報道し続けたから、国民は戦争の前途に期待をかける。しかし、現実には本土が危なくなってくると、今さら負けました、とは言えない。なお一層の戦意を叱咤激励、次々と新兵を召集して死地に送り込む政府になり下がっていたということだ」

「まさかと思うが、もし日本が負けたら、男は皆キンタマを抜かれ（日本民族を根絶やしにする）、女は皆米兵らの妾にされるというデマが流れたが、これは男女を根こそぎ（男性十五〜六十才、女性十七〜四十才）国民義勇兵にするため、政府が故意に流したのではあるまいね」

私は続けて言った。

「国会議員もだらしない。一人の抵抗でなく、なぜ全議員が団体としての行動で法的に与えられた予算審議権をフルに使わなかったのか。憲法上、議会は天皇に協賛する建前ではあるが（旧憲法第五条）、両議会は天皇に上奏できたのに（旧憲法第四九条）しなかった。もし天皇が、議会の上奏により戦局の実状、国民生活の窮乏ぶりを知れば、東条内閣は総辞職するでしょうし、新内閣による休戦講和も、議会が天皇に上奏した結果だと知ればアメリカも民主主義の力強い台頭として好意的に応じたでしょうに。自分さえ安全ならば、負け戦さの死地出征に抗議しない日本人の勇気なき国民性が残念です」

グルーも厳しく言う。

「その勇気のなさと知恵のなさを、私は日本のマスコミに叩きつけたいのです。開戦当初、ハル・ノートを正しい解釈をして報道してくれれば、日米開戦は避けられたと思います。ポツダム宣言ですら新聞の片隅に小さく出しただけと言うじゃありませんか。もし正しい報道がなされていたら、日本は原爆の洗礼を受けることなく休戦講和に入ったことでしょう。サイパンが占領され、その奪回作戦を諦めたとき、全国の全新聞が『東京―サイパン間は僅かに千二百五十浬で、アメリカは悠々日本本土を日帰り空襲できるので、サイパンを奪回・維持できないなら戦争を終結せよ』という社説を、なぜ一斉に揚げないのか？戦意を駆り立てる記事は一切書かない新聞を発行する。そうすれば、天皇もその異常性に気づかれ、いろいろご下問になられよう。全新聞社の結束という方向をなぜとらないのか？　検閲制度があって記事にできないのなら、戦争記事欄が白紙の新聞で良いではないですか」

日本人は勇気がなく臆病なのだ。集団で結束するという知恵もない。その弱さが、長いものに巻かれるのだ。利己主義と功名主義で時局推進者と人間関係ができればその人達と仲間意識を持つ。戦時中、軍部の提灯《ちょうちん》持ちをする御用学者、御用評論家がワンサと出てきたのは嘆かわしい。

◆国の非常危機管理体制の欠陥

秀吉は国の危機管理のあり方に疑問を投げかけた。

「もし最高指導者達の協議が、実務担当者から真実の報告を受けずに協議すれば、実務・

実情を無視し不適切な決定になってしまい、やがて国を亡ぼす原因となる。だから都合の悪いことでも洗いざらい出させねばならぬ」

「ではどのように改めればよろしいので？」

秀吉は役所の縄張り根性と実状を知らない政府の中央統制に問題があると見ているようだ。秀吉が問いかけるように言った。

「上司仲間で対策を協議すれば、無理を承知で政策目的の達成を下の者に強制する結果、精神主義になる。そこで、どう対策を講じるかを下の者に確実な資料に基づき討議させ、対立する意見は妥協させない。徹底的に討議させ、その情況を見て、上の者が調整案を出し、またこれを討議する、というやり方にしたいが、どうじゃ」

「誠に結構です。だが、もう一つ注文があります。官庁の建前主義を廃してもらいたいのです」

と石原さん。山本さんも同感の表情だ。

「なんじゃそれは？」

「陸海軍はお互いに、相手は、どことどんな戦さをしても絶対不敗だという確信を持ち合っているのです。そう信ずることが建前となっています。現状の欠陥も、善処すると言えば改善され、完璧になることを疑ってはならない。だから海軍は、日中戦争の放漫性に文句をつけない。また陸軍は海軍に対して、米国と戦って勝てるのかという質問はしない。お互いに不干渉といいますか、縄張り尊重といいましょうか。それでも期待通り勝てばよいが、負けても負けたとは言わない。戦局挽回に努力すると言えば、挽回できる建前になる。海軍でも陸軍でも、部下に命じた作戦は必ず成功するという建前で命じる。兵器の劣悪化や兵員不足は、日本軍の突撃精神でなんとか工夫して戦えという訳。建前主義は、相手の顔を立てて責任を相手に転嫁するから、陸海軍が自己の弱点をさらけ出し、国の国難として共同で対応するという考え方にならない。したがって、軍需資材の割り当てにせよ、民間船舶の徴用にせよ、すさまじい分取り合戦となり、妥協も譲歩もないのです」

と石原さんが力んで言った。

グルーが素っ頓狂な驚きの声をあげた。

「そんなこと、アメリカでは考えられないことです。海軍が陸軍に、陸軍が海軍に作戦の成功性を確かめることは失礼になるのですかね。老幼婦女子にも竹槍を持てと言う。それでも戦えば勝つという建前ですか？　飛行機の援護のない丸裸の日本の連合艦隊が、大飛行集団の援護をうけているアメリカの艦隊に決戦を挑んできた（レイテ海戦）が、それでも勝てると思ったのでしょうか？　この海戦で、日本は世界に誇る戦艦武蔵以下三十五隻が撃沈されたのに、アメリカは五隻の撃沈だけでした。日本の連合艦隊は全滅したと思いました。われわれは、日本が降伏するので、死に場所を求めた日本海軍の自殺行為だと思いました。ところが、惨敗後降伏するかと思ったら降伏しない。沖縄で破れても本土決戦を叫んでいる。いったいこの国の非常時の管理体制は、どうなっているのですか？」

芝さんが穿《うが》った意見を披露した。古賀連合艦隊司令長官が、「一パーセントの勝算があれば戦う」と言ったそうだ。それは、日本の対米戦力は一パーセントの勝算もない程劣勢であるということ。問題は、それでも海軍に勝機ありとの建前を崩さないというのは、落語にもならない馬鹿げた話だ。

三人の元天下人はこもごも言い合った。進むを知って退くことを知らない愚者のなれの果てじゃ。政府のそのような雰囲気の外にあるものの常識を反映させるほかはない。それには最高の責任者たる天皇の側近で、天皇の御意志を非公式に、総理および統帥部に常時反映させる役目を持つ者をつくれ、と家康。秀吉は、天皇の特旨にもとづく実務者会議を開き、実務の実情と問題点の報告書を提出させよと言う。この報告書は、天皇への上奏に準じるから、一切の虚偽・誇張は許されないし、報告者はもとより、関係者は、その報告により、如何なる責任も不遇な取り扱いも受けないものとする、と言う。そして信長が、最終的には総理が天皇の意向を聞いて決定せよと述べた。

いずれも陸海軍に引きずられる特別な人間関係のなかにいない第三者的意見を反映させ

よということらしい。議会も、戦争に歯止めできぬようになっては、天皇の権限のなかでチェックシステムを考えるほかはないと、信長らは思ったようだ。

◆重臣会議もなかった

グルーは難しい質問をした。

「秀吉さん、陸軍の言論弾圧という激しさのなかで、国民の声をどう聞きとられるのですか?」

「それはな……」

と、考えに考えながら、

「東条らを〝長いもの〟〝大樹〟と思わない人がいる。それは総理経験者だ。この人達は総理を辞めればただの国民。それでも、声ならぬ生の国民の声が集まる筈だ。そこでこの人達…、オオ、重臣と呼ぶのか、重臣会議を開くのじゃ」

「さあ、重臣ですか。実は天皇は、マリアナ敗戦（昭和十九年八月）後、重臣をお呼びになって意見を求められたが、東条を恐れて誰も正直な時局批判はしなかったようですよ」

と芝さんは、重臣の無気力さを憂う。山本さんが秀吉の意を汲んで面白い意見を出した。

「レイテ沖海戦後、及川海軍大臣は沖縄攻防戦になっても勝算十分と言明した。そこでその勝算十分な根拠を実務担当者に重臣会議の席で説明させてはどうですか？　まず、攻めてくるアメリカ軍の予想軍団の兵力（米軍将兵四十万、艦船百数十隻、空母艦載機約二千機と推定される）が問題。これに対するわが方の防衛軍兵力（軍艦八隻、飛行機七百機＝内特攻三百五十五機、沖縄守備二ケ師団）の比較表を出させて説明させると、当然、勝つ見込みはないとの結論になろう。そして、今後の戦局見通しを検討していくうち、重臣達の休戦和平方向が否定できなくなろう」

と述べた。

秀吉は満足げに頷いた。この会議が天皇の特旨にもとづくもので、会議内容は上奏に準ずるとし、木戸内大臣にも会議報告書が提出されるということにすれば、担当者は嘘、偽りのない実状にもとづいて説明せねばならない。東条等は、この会議の審議状況は無視できないこととなろう。石原さんも賛成した。

「実は、秀吉さんの言われる意味ではないが、近衛内閣総辞職のとき、誰を総理にするかで重臣会議が開かれ（昭和十六年十月十七日）、時局が検討されたのです。だが、問題は、折角重臣達が分析した問題点が東条に知らされなかったということです。東条は大命を受けるとき、さきに御前会議で決めた対米開戦方針（昭和十六年九月六日）を白紙にせよ、とのお言葉を賜ったのだから、重臣達の時局分析は東条には非常に参考になる筈ですが……」と山本さん。

「どんなことが指摘されたのですか？」

山本さんは簡単に要点を説明した。

①アメリカは、日米交渉を引き延ばし、日本の石油消耗を待って開戦するという意見は否定する（陸海軍主戦派の主張を否定）

②開戦後の国民生活や戦争の行方、勝敗についてどう見るか（軽率に戦争するな）

③陸軍所有の石油だけで今後の日中戦がやりきれるのか（中国戦線縮小論）

④外交が行き詰まっても戦争でなく、外交一貫主義をとること（戦争反対）

⑤交渉成立の見込みがあれば、交渉打ち切り期限がきても交渉を打ち切らず、交渉をまとめよ（同右）

⑥アメリカの最終回答がないのに、なぜ開戦方針を決めたか（主戦論者は自重せよ）

⑦日米戦争は何年戦争になると思うか（戦争反対）

⑧日米の武器弾薬等を比較して優劣性に心配はないか（同右）

これらは日米開戦の是非を判断する分岐点となる問題点なのだ。東条は開戦方針白紙還元の指示を受けたのだが、東条の見直し努力は彼が主戦派の巨頭だけに周囲には通じず、結果的には極めて低調だった。天皇の白紙還元のご沙汰を全閣僚に通知し、白紙還元そのものについて協議すべきだったのに、しなかった。

天皇は宣戦の詔書に、「豈朕《あにちん》が志《こころざし》ならんや」(どうして戦争が私の本心でしょうか)の一筆を加えられた。これは天皇が、東条は開戦方針を見直すものと期待せられたのに見直さなかったことに対する不満・無念のお気持ちが、つい迸《ほとばし》り出たのではあるまいか。と同時に、適当な時期には休戦講和を考えろとご教示になられたとも拝察される。実は日米開戦方針の見直し指示は、及川海軍大臣に対しても行われている。だが彼は、海軍部内で戦えば負けるとの意見があるにもかかわらず、また日米戦は海軍が主役であるから海軍自身が見直し作業の主流であるのに、全く何も行わず、東条に一任した。日米戦争の主役たる海軍大臣が総理に一任するとは、責任の転化で、誠に不可解千万。この大切な時期にこんな男を大臣にしたのは間違っていた。あえて、東条や及川のために弁じるとすれば、アメリカは日本の疲弊を待って戦争をしかけてくるという憶測だった。海軍部内にも同調者が出てくる始末、その巨頭、末次海軍大将という主戦論者に遠慮したと思われる。しかし、これは公私混同。なぜ及川海軍大臣は、戦争反対の米内元海軍大臣と末次とを対決させなかったのか、残念でならない。

◆陸軍省内で暴れ御輿を担ぐ者たち

秀吉は難しい顔つきで言う。

「今までの話を聞いていると、昭和時代の軍人とは、敵を知らず、己を知らず、私的に集団化し、陸軍大臣をも突き上げ、大臣も手を焼くようじゃの。軍は天皇のもとに一つの筈なのに、そのなかで私的に集団化するということはおかしい。どうしてこういうことになるのか。俺には分からんのう」

芝さんの説明はこうだった。

「昭和の初期は誠にきびしい不景気で、国民、特に農村の疲弊困窮は目を覆うばかり。国民の政治不信の声も高く、軍は農村出身の子弟が多いので、この上は、軍がこの国を建て直さねばならぬとの信念で結ばれたのです」

「それは、責任者もはっきりと組織化された団体かな?」

「いや、〝昭和維新〟のスローガンで結ばれた精神的結合団体です」

「精神的団結、ただそれだけか。政治的動きはないのかや?」

秀吉はたたみかけて質問した。山本さんが答える。

「日本の建て直しですから当然政治的に動きました。悪政は政治家のせいだと言って政治家を暗殺したり、天皇も総理も知らぬ間に日独伊三国と特別な親善関係の下交渉を行い、ある程度の相互諒解を得てから総理や外務大臣に報告する、ということまでやらかしました」

秀吉が言う。

「まさか陸軍の上の方の者が若い将校連中に、お前ら若い者はお国のためになることはなんでもやれ、責任は俺が持つ、というようなことは言うとるまいな」

「いや、実はそれです。言っていますよ。だから親分として人気が出るのです。明治維新も若者のエネルギー。だから昭和維新も若者のエネルギーに期待がかけられました」

「下の者は、そういう上の者が太っ腹に見えてその人のもとに集まり、それを担ぐことになる。担ぎ手が多くなると暴れ御輿になり暴走する。担がれている者は、もう自分の意思で暴走が抑えきれなくなった、と言うのが実態じゃないかのお」

秀吉の指摘が余りにも的を射たので、石原さんは驚いた。東条らも軍人。負け戦さになってきたと判りながらも、今さら休戦講和が切り出せない、国民の手前、焦土抗戦を叫ばざるを得ない憐れな男だと思っている。

「なるほど。ハル・ノート受諾で日米和平にもっていくには、お御輿にあぐらをかくオエラ方にはお御輿から降りてもらわねばならん。だが何時までも担ぎ廻され、降りようもなく、降ろしてももらえんと言うことじゃ」

秀吉は喝破《かっぱ》した。芝さんは暴れお御輿の暴走ぶりを報告する。

「少壮気鋭の青年将校団は手強いですよ。木戸幸一内大臣が、『陸軍は後から味方に鉄砲を撃ちかけるが、これがやがて大砲にならなければよいが』と慨嘆されたそうですから。この連中に担がれたらもう降りられませんよ」

明治の英傑・西郷隆盛の末路も、担がれた者の宿命だったが、昭和維新では、国そのものが悲惨な末路になってしまった。芝さんは思った。本土防衛論がやかましくなったとき、東条は、陸軍を怒らせたらそっぽを向くと大放言した。こんな放言をさせるほど青年将校は不可解な怪物。東条も憐れな男だったかも。

実は、秀吉自身担がれ者の苦衷《くちゅう》を体験している。彼は家臣達に対し、「お前には明国のどこそこを、お前には唐天竺のどこそこの領地を与える」と座興とも冗談ともつかぬ大物ぶった放言をして、独り楽しむ癖があった。しかし、やがてそれが、加藤清正以下、南朝鮮を取ろうとする武断派に担がれてしまった。また、これに反対する文治派も生まれ、家臣が二つに分かれ悩んでもいた。東条は反対派を弾圧したが、秀吉は弾圧せず、御神輿から降りてしまった。だから、東条にも降りられない筈はないとの思いが強いのだ。

四◇日中紛争の解決

グルーはさらに続けた。

「日米和平交渉の中身は日中和平交渉なんですが、どうして日本は中国から撤兵できないのですかね。秀吉さん、あなた、どう思いますか」

◆中国からの撤兵は自殺行為か

秀吉が答えた。

「中国からの撤兵が日中紛争の根本的解決となり、日米関係もよくなる。まさに一石二鳥とはこのことではないか、それをなぜ渋るのかや。なにか難しいことがあるのかや？」

「東条は、中国からの撤兵は心臓をとられるようなもの、これで日本は崩壊すると大反対。だからハル・ノートを拒否したのです」

と石原。

「東条がなぜ撤兵に反対したか。なぜその訳を言わんのや」

秀吉は、東条が軍人でありながら中国からの撤兵もせずに、二正面作戦となる対米主戦論者の旗頭になるという非常識さが理解できないらしい。人に言えない理由があると睨《にら》んだ。

「石原さん。日中戦争は当初三カ月でケリをつける予定が、四年もかかって泥沼に落ち込みましたね。なんとか早く泥沼を抜け出そうとするのが常識ですね。陸軍にはそんな常識は微塵もないのですかね」

と私は探りを入れた。

「実はそういう常識派もいたのだ。昭和十五年、陸軍省の強い要求で、三月三十日、参謀本部案による撤兵案（昭和十六年から二年以内に撤兵完了）を決定している。このときは畑俊六が陸軍大臣だ。総理は米内光政海軍大臣だった」

「すると陸軍には、撤兵派勢力も相当にいたということですね。畑陸軍大臣のときは、撤兵は日本の生きる道、東条のときは自殺行為。派閥には闘争があって、討議協調のないのは小さな国民性のせいだからですかね」

と石原さんは捨てばちに言った。

「米内内閣は短命で、後継内閣の陸軍大臣は東条、だから撤兵否定で固まったのです」

私は考えた。そして断言した。

「東条がお御輿《みこし》から降りず、担ぎ手も降ろさないのは、もし東条が降りれば（中国からの撤兵）大変な大問題が起きることに気づいていたのですよ、きっと。それはね、お御輿の担ぎ手というのは、中国併合論にいきりたった主戦派（統制派）でしょう。天皇の日中紛争不拡大方針を無視し、天皇には『三カ月で日中関係を抜本的に解決しますから』とお願いして出兵して本格的戦争となり、百四十八万二千三百人の兵士を戦死傷させ、莫大な国費（直接軍事費は日中戦前に比し二百五十億円増し、一般会計と臨時軍事費は三百五十億円増し）を使い、しかも中国侵略で日本が得たものは何もない。その挙げ句、アメリカに言われて撤兵するふがいなさ。天皇の命令に反し、多大な国費の浪費と兵士の戦死傷に対する責任をどうとるのか。当然国民は責任追求するでしょう。また陸軍部内でも、お御輿を担がなかった者（皇道派）は当然責任追求に立ち上がるでしょう。東条は統制派の大物ですからね。そうなると陸軍は分裂闘争する。これに海軍も加われば、当然日本は内乱化し自壊する。東条はそこまで読んでいたと思いますよ、きっと」

と私は断言した。

私にはっきり指摘されて、秀吉は考え込んでしまった。彼自身の朝鮮撤兵問題と混同してしまったらしい。彼は武断派の要求を容れ南部朝鮮を寄こせと強硬だった。後陽威天皇は、それは無謀だと勅書でご注意になられ、淀君からも、幼い秀頼のためにも平和な世の中にしてくれと泣きつかれて、ついに無条件撤兵してしまったのだ。

つまり、天下人の秀吉に意見する者がいたということだ。だが、東条天下人には意見する者がいなかった。天皇は上奏がない限りご指示なさらないし、東条に撤兵の是非を上奏する気は全くない。やはり、これは、撤兵を含む大きな外交関係の進展を上奏して勅許を得るほかはないと考え、ついに結論を出した。

「俺はな、日本の侵略行為が不法行為なため、アメリカの勧告（圧力）で撤兵するというふうにはしたくない。東亜各地の資源開発、企業取引、交通の自由化、および、何らの民族的差別を受けないという提携関係が確立されれば、撤兵する形をとりたい。また、ハル・ノート提案の、列国との不可侵条約締結という新しい世界平和機構に日本が参加することとし、その結果、日本は撤兵するという形にもしたい。そして十年にも及ぶ戦争の終焉を宣言し、この新しい平和機構により、日本は二度と戦争のない国になることを国民に宣言する。そういう形の撤兵なら、戦争責任の追及論は何とか無事に抑えうると考えるが、どうじゃろうか」

と秀吉は自信ありげだった。

「ともかく、日米和平交渉が、実質的には日本を裁く・裁かれるという印象のないものにすることが必要なのじゃ」

秀吉は自分の体験から、東条の降り難い心境を察する故の、降りる花道を考えてやったのだ。

グルーが感服の声を上げた。

「おお、そういう話ならアメリカも乗れる。そう言われれば、日米和平交渉は過去と現在を重点とする交渉で、これでは四原則違反の責任追及と原状回復論になるのみ。これじゃ交渉難航は当然だわ。そこで、四原則の将来的展望性を秀吉案の方向でまとめれば、日本の〝顔〟も立つということですな」

「すると日米和平交渉も成立、太平洋戦争もしないですむということですね。東条らの戦犯裁判もなかったということですな」

ふともらした私の言葉に、グルーは敬虔な姿勢で東条らの冥福を祈りながら、こう言った。

「処刑された戦犯は、とても西洋人の想像も及ばぬほど和やかに、立派に、まさに死の美学そのものでした」

「と申しますと？」

「彼等は処刑直前に一言も裁判の不当性を攻撃しなかった。原爆投下の非人道性を非難しなかった。死生を超越した〝悟り〟というのですか？　刑の執行官達は全員その人柄に魅了されたそうですよ。この立派な人達が、国力も考えないでどうして対米英開戦という間違った判断をしたのか。そんな判断をさせる日本の世の中はどこか狂っているのじゃないか」

とグルーは不思議がった。

◆東条に大命降下の意味

「君は、主戦論者の東条に組閣大命が降りたことをどう解釈するのか」

と芝さんが突っ込んできた。

私が答える前に石原さんが口を出した。

「そりゃあ東条も軍人だもの、主戦論者の俺に大命が下ったということは、俺の戦いぶりに期待されておられると、内心感激したと思うよ。ただ天皇から開戦方針を決定したさきの御前会議（昭和十六年九月六日）を白紙に戻せとのご沙汰を承っている。この『白紙に戻せ』というお言葉をどう理解したかが問題だ」

「ということは、御前会議そのものがなかったも当然に考えよ、ということか、御前会議は立派に成立しているのだから、十月上旬までにわが要求貫徹の目途がない場合、『直ちに開戦』の決定を考え直せ、つまり外交に一貫せよということか。そのどちらに受け取ったかということですね」

　と芝さん。私はこう断言した。

「わが要求貫徹とは、中国等の占領地からは絶対撤兵しない、日独伊三国同盟は破棄しないということをアメリカに認めさせることですね。それでは外交一貫でも日米和平はありえない。だからこれを考え直せ、つまり撤兵せよ、三国同盟も破棄同然にせよという意味でしょう。しかしそうなると陸軍省内がおさまらない。それをおさめるには、人望最も高い東条のほかはない、というのが天皇のご意志だと思います。東条の戦いぶりを見たいなど毛頭お考えではないと思います」

　私は、東条という男、聖旨を理解しえなかったとすれば、案外平凡な人間で総理になる器ではなかったのではないかと思った。

◆対米開戦方針決定の御前会議はおかしい

「さきほど、戦争方針決定の御前会議は立派に成立したとのお話でしたが、天皇は話し合っただけで成立にはいたらないとのお考えだと思います」

　と私はあえて断言した。

「なぜそこまで言えるのか」

「さきの御前会議（昭和十六年九月六日）で、日本の方針は戦争準備が第一か、和平交渉が第二でよいかが問題になりました。この時、天皇は明治天皇がお詠みになった『よもの海みなはらからと思う世になど波風のたちさわぐらむ』を毎日拝誦している、と戦争反対のご意思を表明しておられる。また、戦争方針を決めるという会議において、統帥部総長（参謀総長・軍令部長）が一語も発しないのは遺憾に思うとまで指摘されている。これは、開戦の是非を論じる議題がないということじゃないですか。それに御前会議の前日、杉山参謀総長は、日米開戦の場合の南方作戦は三カ月で終了しますと奉答し、『おまえは日中戦争は三カ月で終了しますと答えたのに四年も戦っているではないか。太平洋は中国より広い。そんな甘い考えでは駄目だ』と言葉荒く（天皇としては珍しい）ご指摘になっているので、御前会議では、当然、戦争見通しについて改めて説明があるべきなのに、その説明なしに、開戦決意を決めるということは、審議手続上重大なミスです。だから私は、会議は成立していないと思います。単なる話し合いに過ぎないから白紙に戻せるのです。開戦是非の議題がなくて戦争準備に飛んでいるのもおかしいし、昭和天皇のご性格として正式に決定したものを白紙にせよと言われる方ではありません」

芝さんが意外な発言をした。

「御前会議の議題は会議前の関係者が協議したものを天皇御臨席のもとで報告するから新しい問題点も討議もない。だから、御前会議の結論は会議の前から決まっている。天皇が議事について異議を出されたのは異例中の異例。結局、慣例により会議結果を取りまとめたので、天皇の異議は無視されてしまったと思います」

グルーが驚きの声をあげて言う。

「日本は天皇の意思を無視する下克上の国とは聞いていましたが、今のお話、天皇を目の前にしての堂々たる下克上ですね。天皇は戦争名義人になる人。その人の反対を押し切るとはね」

秀吉はフト苦い想い出に苦笑した。彼はいつしか大陸を征服するチンギス汗《ハン》の再来として担がれていることを知り、北叟笑《ほくそえ》んだ。だが秀吉の本音は武力征服ではない。大陸・南方諸国と交易を広め、将来はこれらの国の王朝とわが天皇家が婚姻できるほど親しくさせたい、というもの。男には夢がある。だがその夢の動機は他愛ないもの。秀吉の場合は、信長以上のドエライことをすれば、淀君は心から俺に惚れるだろうという男の征服欲から。日中戦争も太平洋戦争も派閥軍人の他愛なき権力欲だろう。こんなことで国民を戦争に巻き込んではならぬと、秀吉は思った。

五◇蒋介石の日本批判

グルーが切り出した。

「日米和平交渉は日本の中国侵略が中身ですから、蒋介石《チアンジェシー》中国総統の話も聞こうじゃありませんか」

蒋総統は颯爽《さっそう》とした軍服姿でニッコリと微笑しながら現れた。彼はチラリと石原さんの方を見やり、石原さんは直立不動の姿勢をとり敬礼した。

私は、蒋総統にお呼びした事情を説明し、信長、秀吉、家康を紹介した。彼は日本の陸軍士官学校出身なのでこの三人のことをよく知っており、対面したことを非常に喜んでいた。

まず、私から切り出した。

「ところで蒋介石さん。あなたはアメリカが日本に出したハル・ノートをどう思われましたか？」

「これじゃ日本は拒否すると見ました。というのは、今まで、日本から中国に出した和平条件では、賠償金を要求しましたが、ハル・ノートでは賠償金がとれないのです。不法に侵略し、限りなく破壊しながら、賠償金が要求できるという論理の日本はこれに不満で、戦争になるかも知れないと思いました。日本という国は、自分の非常識を追求されると逆上し、前後の見境もなく、何をするかも分からない幼稚な国ですからね。だが、もしアメリカと戦えば、三年以内に赤ん坊の手を捩じ上げられるように負け、朝鮮も台湾も失い、弱小国になると思いました。

本来、僕は、日本とは防共の友国として手を握りたかった。白人世界のなかで、黄色人種同志の日本と中国とはいつまでも仲良く手を握るべきだったのに、日本の指導者は戦争を知って外交を知らず、困った国だと思いましたよ」

◆なぜ満州は日本の生命線か

「それは……、もしあなたが、満州国をご承認になれば、あなたの言われるような日中関係になったのではありませんか」

と私はつい、ズバリと言ってみた。すると蒋介石の顔がちょっと引き締まるように見えた。

「ちょっと聞くがね。日本では、やにわに人の家の門戸を叩き壊して押し入り、娘を攫《さら》って子を生ませ、その父に認知せよ、認知せねば家まで叩き壊すぞ、と言う話、別段おかしな（違法性）ことじゃないのですかな？」

まず、すごいたとえ話で一発アッパーカットを食らった感じ。さらに続く。

「日本はいつも武力でわれわれの意見を捩伏せ、日本の意見を拝聴させようとする。どんな国、どんな民族にも誇りと意地がある。それを無視して、日本は満州を生命線だ、占領は自衛権の行使だなどと言っているが、なんのことだか。世界に通じない理論で、なぜ満州を奪われねばならないのか、石原君説明してくれ給え」

石原さんは満州事変を計画し、満州を奪取、満州国をつくった張本人。蔣介石はそれを承知の上で切り込んだ。

石原さんは戸惑った。相手が蔣介石では説明が難しい。日本の朝野《ちょうや》・マスコミは挙《こぞ》って「満州は日本の生命線、満州の占領は自衛権の行使」と謳っていた。これは日本人向けの話で、蔣介石に通じる筈がない。侵略者の自己弁解に過ぎないからだ。日本は無資源国だ。満州の資源を得れば、日本も英米に対立できる資源国となり、対抗できる。しかし、満州を奪取する理由にはならない。無資源国の生存権理論も通じそうではない。石原さんはやっとの思いで、

「満州は、日露戦争で夥《おびただ》しい日本軍将兵が血を流した（戦死傷者二十三万人）土地です。日露戦争前、既にロシアは全満州を席捲し、朝鮮にまで勢力を伸ばしていた。これではや

がて日本も危ない。国を守るため、日本は、朝鮮国や貴国と同盟してロシア勢力を駆逐したかったが、貴国も朝鮮も立ち上がらない。やむなく日本は、小国ながら単独でロシアと戦い、血の滲む思いでロシア勢力を満州から追い払いました。

北満には日露戦争当時建設したロシアの鉄道が残り、ロシア革命でソ連になっても、北満はソ連の拠点となり、ソ連がその気になれば全満州の占領など朝飯前、しかし貴国にはこれと戦う実力もなく、忽《たちま》ちにして日ロ戦争前の状態に逆戻りする。そこで、満州は日本の生命線、満州を守るための行動はすべて自衛権の行使という考え方になったのです」

ここで石原さんは固唾《かたず》を呑んで言う。

「ところが驚いたことには、貴国とロシアとは日本を共同の敵とする、という秘密軍事同盟がありましたね。貴国陸海軍は全力をあげてロシアを支援する。港湾の自由使用を許し、対日戦に備えるため、北満に鉄道建設を認めましたね。恐らく貴国は、日本軍の行動について情報を送り、北満では、ロシア軍の後方兵站、労務に協力していたことでしょう。つまり、日露戦争は貴国とも戦っていたのです。だから、この秘密条約があったことを知っておれば、戦後、満州の割譲を要求し、日本の領土となっていた筈です。このことが後で分かり、日本は腹に据えかね、昭和時代に尾をひいたのです」

と石原さんは汗だくの説明をした。蒋介石は石原さんを見据えるように、

「それならそれらしい顔を見せればよい。防共目的なら中国にも協力する途があったろうに、いつも見せるのは領土野心の顔だった。僕は君（石原さんを指し）が満州領有論を唱えていたことも知っているよ」

「満州事変を起こし、満州を奪取した悪役は私であります」

石原さんも開き直った。本来、中国はアメリカ同様に原理原則国家なのだ。日本はこれを破壊する膨張主義、「力は正義」と自負する国となった。それを表に出しすぎる幼稚さでは、中国が抵抗するのは当然、だが、満州だけにとどめるなら、米・中の原理原則主義とも調整の途はあったと私は考えている。

◆日中紛争の種は日本が蒔いた

蒋介石は静かに回想しながら述懐する。

「あの時はわが国も徹底的な排日政策をとっていたし、張学良軍二十万に対し、関東軍は僅か一万の兵力、これでは何もできまいとたかをくくっていたのだが。しかしな、中国をそんな激しい排日に走らせたのは日本だからね」

「例の二十一カ条の要求（一九一五＝大正四年一月）のことですか？」

「そうだ。一九一四（大正三年）年七月、第一次世界大戦でイギリスはドイツと交戦のとき、日本は日英同盟を口実に直《ただち》に参戦、ドイツの租借地である青島《チンタオ》等の要地および中国中央部の要地・済南《チイナン》に通じる鉄道も占領、中国の抗議にもかかわらず駐留軍を常駐させ、日独戦争が終っても撤兵せず、ついに一九一五年一月十八日、二十一カ条に渡る要求を突きつけた。そのうちの二十カ条は、満州および東部内蒙古での新たな権益要求だった。それは中国の主権を制限し、半ば日本の領土化と思われる程屈辱的なもの。中国は猛然と反対。そこで日本は駐留軍を倍増して威圧し、最後通牒を突きつけたので、中国はやむなく十六カ条を認めた。これで、日本は同じ儒教国家という中国の信頼感を裏切り、中国民衆に根強い反日感情を植えつけてしまったのです。それに、漢民族としては一度も日本を占領しようとはしなかった。よい隣人であったのですよ」

さらに蒋介石はきびしく言う。

「やり方が汚いのだ。満州でロシアから引き継いだ諸権益が一九二三（大正十二）年に満期になるので、その焦りが日独戦争を利用して大軍を山東省内に出動させ、力の外交をやってのけたのです」

秀吉が穏やかに口を開いた。

「なるほどご指摘の通りじゃ。満州権益の期限切れについては、穏やかに外交でお願いすべきだったのう。日本は単独で国運を賭してロシアと戦ったのだし、ロ清軍事秘密同盟（当時の中国は満州族が治め、清国と称した）もあったことだし、穏便な外交交渉なら中国も理解してくれたのではないかな？」

蒋介石も大きく頷く。私も一言言いたくなった。

◆満州国も承認できる術があった

「満州国を承認して欲しいという話は絶対無理ですかね」

蒋介石の顔から微笑が消えた。

「日本軍の満州奪取という武力行使は、中国の主権を侵しただけでなく、中国人の生命・財産喪失の被害も大きく、その一年後、満州国を認めよということは、その恨みを忘れて仲良くしろよということ。普通の人間感情ではできることじゃないわ。日本は八紘一宇《はっこういちう》（戦時中、日本が唱えた東亜共栄圏結成の合言葉で、全アジアが一つになるという意味）の政策を発表しましたね。これは、各地域の民族自決を図るものだというなら、まず朝鮮を独立国にして、その上で満州国の承認を求めてくれれば、満州民族の自決する新国家として、私は喜んで承認いたします」

どうやら、単純な満州国の承認要求は、満州を強奪された屈辱と、それを承認させられる屈辱と、二重の屈辱を強いることになるようだった。中国の立場・体面を多少とも考える配慮のなさが、今となっては悔やまれる。石原さんは、「満州国が満州民族の自決国家なら認める」という証言に仰天した。中国は漢民族以外の民族が各地にいる。たとえばチベット等非漢民族の地方にはその能力に応じて民族自決的地方政権をつくらしめれば、非漢民族がそれぞれ自分達のために自分達が生きる政治的地歩を得るので、内乱なき平和な中国ができよう。アメリカのような連邦国づくりをするならば、全面的に支援するという方向で日中和平を考えるべきではなかったか。大本営の中国併合論や武力弾圧論よりも遙かに中国の心を掴めたのではないかと思った。日清戦争で清国兵に全く戦意がなかったのは、漢民族の兵隊は満州族がつくった清国のために戦う気はなかったし、役人の汚職もひどかったからだという。中国のように大きな国の国づくりと民族愛との関係は微妙なのだ。

秀吉は、対中外交が力外交一本槍になったのは、中国を弱小国と蔑視する根本的な日本人の心の貧しさにあると指摘した。しかし、弱小国と見られても、中国は、国にも国民にも中国らしさがあり、欧米崇拝、欧米かぶれしないのに、日本はだらしないほどの欧米かぶれ、心の貧しさは比較にならぬほど日本の方がひどいのではないかと思った。だから、その骨太い中国を知って日中関係を考えるべきだと思った。また朝鮮人も、秀吉の朝鮮征伐の経験から、日本の領土にして皇民化などできる民族でなく、蒋介石の言うように独立国の友国として協力を求めた方が遙かに良かったのではないか、と思った。

第三部
家康はそんなことはしない

——何事も転ばぬ前に足指《あし》に目を——

今度は家康さんと話し合いたくなった。どういう角度から入ることにしようか。

「芝さん。家康さんへの質問は少し角度を変えましょう。日本は敗戦・崩壊の急坂を転げ落ちましたが、家康さんも同じように転げ落ちるかどうか、を聞きたいのですが」

一◇張作霖《チャンヅウリン》爆殺と日中関係

「面白そうだ。それなら張作霖爆殺事件からではどうか」

張作霖とは、戦前、日本（関東軍）の支援で、緑林（馬賊）の出身ながら満州（現中国東北部）に勢力を張る実力者。彼は華北に乗り出し、諸軍閥の総帥となり、安国軍総裁（大元帥）と称した。

一方、中国の南方では、蒋介石が革命軍を組織し、全中国統一のため北閥軍を北上させたが、これを迎え撃つのが張作霖。関東軍は、安国軍が敗れ、敗戦兵が満州方面へなだれ込めば満州は混乱するので、張作霖に下野して満州に帰るよう勧告した。

そこで作霖は下野し、本拠地満州に帰ることになったが、その乗車は、奉天駅（現瀋陽駅《ショウヤン》）を目前に列車ごと爆殺された。関東軍は、鉄道警備兵が爆殺犯人を射殺したとし、「犯人は蒋介石の便衣隊（平常服の兵）」と発表したが、子息・張学良《チャンシュエリャン》は関東軍の仕業として日本を怨み、関東軍の制止をも聞かず、蒋介石の傘下に走り、革命軍の青天白日旗を一斉に掲げた。このため関東軍に討伐されて中国本土に逃げ込み、蒋介石と毛沢東《マオツォトン》の内戦を止めさせ、両軍を抗日戦線に結集、散々日本軍を悩ませた。

昭和日本崩壊の第一歩は張作霖爆殺に始まると言ってよい。その張学良に出てもらうことになった。

◆爆殺の真相

張学良が現れた。見るからに優男《やさ》。蒋介石を監禁し、毛沢東との抗日合作まで持ち込んだ剛毅な謀略性をどこに秘めているかと疑われる程。まず私は、爆殺されたご尊父の弔意を述べて、

「あなたは、関東軍がご尊父さまを爆殺したと主張されましたが、何か確証があってのことですか？」

と尋ねたところ、張学良はニヤリと笑った。

「実はな、日本軍に殺されるから助けてくれと、わが軍に救いを求めてきた者がいるのじ

や。汪《ワン》という浮浪者でな。汪は、劉《リュウ》という立派な中国人に、よい儲け話があるからと誘われ、連れて行かれた先で二名の浮浪者に会《お》うた。三人は風呂屋で入浴させられ、理髪店で散髪され、新しい衣服に着替えさせられ、夢にも思わぬ立派な中国料理で舌鼓みを打ったが、汪はふと、『これには何か裏がある』と不安を感じ、スキを見て逃げ出しよった。そして汪は、関東軍が張作霖爆殺の現場で射殺したという犯人二人の屍体の報道写真を見たら、それは一緒に入浴し、散髪し、食事を共にした二人だったので、やがて自分も殺される、保護してくれと願い出たという訳。汪の自供で、立派な中国人とは、奉天附属地（日本人街）の遊郭出資匿名組合の組合員劉載明《リュウタイミン》と判明、そして、彼を逮捕したところ、一切を自白したのです。

劉は関東軍高級参謀河本大作大佐の依頼で、浮浪者を三人集めたが、一人に逃げられたので、二人をホテル瀋陽館で河本大佐に引き渡した。大佐は、直ちに車で二人をどこかに連れ去った。射殺された一人が持っていたというロシアの旧式爆弾は、劉が市内の古物商から買ったもので、その裏付け調査では、供述がすべて真実と証明されましたね」

「あなたはそのことで関東軍にかけ合いましたか？」

「いいや。関東軍は自分がやったのに、蒋介石の便衣隊がやったと、証拠（南方要人の指令書）まで偽造して内外に発表しよったから、掛け合っても無駄ですわ」

「河本大佐の個人的な暴挙とは思いませんか？」

「父（張作霖）が北京出発のとき見送ったのは、われわれと日本の北支軍将校のみです。万一の場合を考え、作霖夫人の乗車を先行させ、作霖は長編成列車で後発、作霖がどの列車に乗っているかを知っているのはわれわれ以外では日本の軍人だけ。それに、作霖の町野顧問と儀峨少佐が同乗したが、町野顧問は途中で下車し、儀峨少佐はボロボロの衣服ながら傷一つ受けていなかった。これは爆発地点を知っているので、安全な他の車両に移り難を避けたものですわ。これらを総合してみると、日本軍がグルになってやったのだと思いますがのう」

「家康さん、今聞かれたような事件が勃発しましたが、政府への詳細な報告は関東軍司令官からのみです。時の総理は田中義一陸軍大将で、張作霖とは昵懇《じっこん》の間柄です。もしあなたが田中総理のお立場ならどう対応されますか？」

いやしくも隣国の大元帥爆殺など、あってよいものかと家康は思った。

「日本の陸軍と張作霖とは、密接な関係にあるようだが、張作霖をそれだけ後押しして、日本はどれだけ得るものがあったのか」

と、家康はまず急所を突く質問をした。

「それはもう、満州の日本の権益は張作霖により認められたものが相当あります。特に北京を発つ前には、日本の執拗《しつよう》な強談判の末とは言え、新たに満州に五鉄道の敷設を認めていますʼ」

との石原の説明に、学良も頷いていた。それなら爆殺する動機がない。家康は、分からんと言いたげな表情ながら、

「ともかく、政府に入った公報では、革命軍の仕業で爆殺されたということであれば、政府は特使を送り、張作霖の生前の日本に対する協力を謝し、丁重に弔意を表したい。そして爆殺現場事情——①爆殺地点の警備責任は、中国か日本か、②爆薬の威力調査から、その爆弾は通常中国軍が使用し、便衣隊が携行できるものかどうか、③関東軍が二名を射殺した時の状況、特になぜ逮捕しなかったか……等を調べる」

と言うや、すかさず石原さんが突っ込んだ。

「なぜ調べるのですか？　関東軍司令官の報告を信用しないのですか？」

「張作霖爆殺の情報は全世界に流れている。走っている列車のどの車両に乗っているか分からん者をその乗車ごと爆殺するということが、到底二名の便衣隊にできるとは思えない。相当多数の便衣隊が潜入して行った組織的犯罪としか思えない。関東軍は二名を現場で射殺したと言うが、その他の便衣隊との交戦状況はどうか。皆逃亡したということが不可解だ。逃亡兵はまた何をやらかすか分からんことになる。が、追跡状況も報告されていない。

この情報が世界に流れた以上、世界が持つ疑問である。未報告のものがあるなら、それを調べて真実を掴むことが必要じゃ」

「警備責任が日本にあったとすれば、どうなさいますか」

「もし、日本が受け持つ警備区域内で列車爆殺が行われたものと判明したら、死の結果について全面的に責任を負い、相応の償いをしたい旨を学良殿に伝える」

と言う。石原さんは複雑な心境で聞いていた。

彼も関東軍参謀、爆殺地点は日本の専任警備地域内であり、日本の満鉄線（満州鉄道KK）と中国鉄道（京奉線）の立体交叉地点で、満鉄の橋梁に強力な爆弾を装着したことを知っていた。また、それは朝鮮軍混成四十旅団に所属する工兵部隊が、列車の監視所からボタンを押して爆殺したものであることも知っていた。特使が調査すれば、蒋介石便衣隊が爆殺したという関東軍声明が大ウソであると知るだろう。それを知ったら、その後の始末が大変だぞ。昔から、臭いものにはフタをせよとの言い伝えがあるのだぞ、と石原さんの目は家康を見据えた。

家康は眼光鋭く石原さんを見返している。二人は、われわれに聞こえない霊波で問答しているようだ。後で聞いたのだが、満州の実力者張作霖をなぜ爆殺せねばならなくなったか、その事情を根掘り葉掘り聞かれたとのこと。また、張作霖を殺した後の後釜に誰かを立て、親日的な政治体制をつくる手筈だったのか、とも。真に愛国の至情からしたものなら、目をつぶるべきところは目をつぶる。臭いものにフタすべきときはフタもする。だから正直に教えて欲しいと言われたが、石原さんは何も言えなかった。

「日本のためにするというしっかりした目的や計画がなく、衝動的な爆殺行為で、ただの軽率な暴挙なら〝フタ〟はしない。この爆殺が軽率な関東軍の計画的犯行ならば、軍法会議にかけて真相を解明しないと、将来関東軍はこれに味をしめて暴走し、日本を誤らしめないとも限らないから、厳重に調査し処断する」

というのが家康の意見だった。

その激しさに、なにも言えなくなった。満州時代の張作霖は、何事も率直に関東軍の申し入れを聞いた。だが北京で大元帥になると、北京における諸軍閥との関係もあり、率直には関東軍の申し入れを聞かなかった。特に、関東軍は満州内に新たに五鉄道の敷設を強制的に要求したが、作霖は認めなかった。だから張作霖を見限ったのではあるまいか。これまで関東軍は資金・武器等、並々ならぬ支援をしてきただけに怒り狂ったようだ。

それにしても、爆殺するという狂気的な短絡性は極めて危険な体質で、やはり家康の言うように厳罰に処すべきだったのに、それをしなかったので、その後華北軍事作戦（中国北部を日本に協力させる作戦）など、日本を誤らせるような暴走を、関東軍はしでかしてしまった。ところが張作霖と山本条太郎満鉄総裁との間で、張作霖は離京の直前、五鉄道の敷設を承認、合意している。河本大佐がその情報を知れば爆殺しなかったのではあるまいか。実は当時、ソ連に備えるため、満蒙を中国から分離独立させる計画があり、村岡関東軍司令官も張暗殺を計画していたが河本がやってしまったもの。河本は張爆殺後の後継者に張の部下呉俊陞を推すつもりだったが、その呉も一緒に爆殺されたので、全く無意味な暴挙になってしまった。単純な軍人には謀略は無理ということか。

◆怨念を超えた学良の対日接近

石原さんが言う。

「実は、田中総理は、事件発生を天皇に報告した際、もし関東軍が関与している場合は軍法会議にかけます、と申し上げていた。ところが、閣議では真相解明方針に反対者が出て、結局警備の怠慢という行政責任の追求にとどめることになり、天皇にその旨言上すると、天皇は激怒され、ついに内閣総辞職で一件落着になりました」

「どうして内閣は弱気になったのですか？」

「河本大佐は、もし軍法会議に付するなら一切をぶち撒けると言ったそうです。関東軍司令官が爆殺を承認したとも言われており、そうなれば関東軍や朝鮮軍の最高幹部まで処分され、全陸軍が大変なショックを受けるのを怖れた政治的判断だと思います」

石原さんは後年、満州事変の立役者だけに、寛大な意見を出した。山本さんが張学良に質問した。

「学良さん、あなたは、日本がやったという確証を持ちながら、直接日本政府にはなんのかけあいもしなかったのですか?」

「関東軍がウソの声明をした以上、芳沢公使(当時)や林奉天総領事は、私に対して、南方軍便衣隊の仕業を前提にした話しかしないのです。親しい日本人も激怒し、いろいろこの人と相談の結果、関東軍は内心ではやり過ぎたとの自責もあろうから、むしろ何ら恨み言は言わないで、関東軍と一体となって、満州に親日政権を確立したいと日本政府に申し入れて見てはどうか、ということになり、親友が田中内閣に申し入れ、運用資金四億円を要求しました。当時、全中国で日本に対する怨嗟《えんさ》の声溢れるなか、爆殺された人の息子が日本と緊密な体制を組むということは、日本も武士の国、必ず以心伝心、雨降って地固まる結果になる。四億円は非常な大金だが、一言も恨み言を言わず、殺人者の関東軍に協力するのだからそれくらいの償金は当然と、友人が積算した金額です。私は金額そのものよりも、日本政府の誠意を期待しました。ところがこの話、田中内閣が総辞職すると消えてしまいました。それにしても、おかしいですね。私の話、どうして後継内閣に引き継がれないのですか？　父爆殺問題は、日本は道義感により政治的解決するものと思いましたのに。私は天皇の国（中国では天帝の心で政治をする皇帝が理想的統治者。天皇は皇帝と同格と張学良は理解した）・日本に失望しました。このとき初めて怒りが込み上げてきました。私は、父が最後に承認した満州国内の五鉄道敷設承認を全部取消し、必ず父の仇を討つと心に誓いました」

「家康さん、お聞きの通りです。もしあなたが日本の指導者だったら、この学良の申し出をどうされますか？」

「儂《わし》か。なぜ、警備主任という取り締まり上の内部責任のみを考え、その不始末で爆殺した対外責任を考えないのか。日本はやはり天皇の国だったと言ってもらえるようにするよ。張学良を盛り立てるよ」

「ほう。そうなれば、私が満州事変を起こす必要もなかったし、日中戦争も太平洋戦争もなかったことになりますね」

と石原さんは述懐した。満州事変は十九億円もの軍事費を使った。そして、日本を滅ぼす大戦争となった。してみれば、張学良に出す四億円など、ものの数にもならないはした金だったのだ。

二◇満州事変の後始末

昭和日本の崩壊は満州事変に始まるとも言われている。この事変は関東軍の独断で行われた。昭和六年九月十八日、中国軍兵士が、満鉄線奉天駅《フォンティエン》（現瀋陽駅《ショシヤン》）近くの柳条湖《リュウティヤオフ》で鉄道（軌道）を爆破（夜十時、爆発音は奉天市民が戸外に飛び出すほどの大音響だったという）、鉄道守備隊を攻撃した。守備隊は直ちに反撃、政府の事件不拡大方針にも拘わらず、忽ち全満州を占領し、アメリカ他列強の抗議を無視して、満州国づくりと中国本土攻略作戦を強行した。

もし家康さんがこの時の指導者であっても、同じ途を歩まれるかどうかを聞くことにした。

◆柳条湖鉄道爆破は口実だった

家康は、満州事変を仕切った石原さんと、石原によって関外（華北地方）に追い出された元奉天省長・張学良を目の前に、突然の皮肉とも思える成り行きに戸惑った。

家康は、おかしいのう、と呟きながら張学良に聞いた。

「学良さんよ。儂《わし》は分からんなあ。常識的には、鉄道爆破すれば逃げて誰がやったか分からんようにするものだが、わざわざ日本の鉄道守備隊を攻撃している。中国軍兵士がやりましたと名乗りをあげているようなものだ。それに、夜十時とは時間が早すぎるわ。謀略破壊なら、真夜中にするのが常識じゃが、どうしてそんな下手な謀略破壊をしなさる？」

「誠に下の下にござるわ。鉄道爆破の直後、急行列車が定刻通り爆破軌道を快速で通過しましたのでな」

と、学良はジロリと石原さんを蔑《さげす》む目で見やった。

「わが中国軍はそんなヘマはしませんせん。猿が木から落ちた類じゃござんせんかな」

と、石原さんに真綿で首を絞めるように言った。さすがの石原さんも小さくなっているかも、と思ったら豪快に笑い出した。

「いやあ、まさに千慮の一失だった。鉄道近くの土地を爆破させたが、その直後急行列車が通るとはね」

「どういう訳があってそんな芝居をしたのかな？」

と家康の顔にも微笑が浮かぶ。

「実は、ソ満国境のソ連軍が南進してくるのを防衛する軍事体制を早急につくりたかったのです。兵を動かして交戦状態にするには、天皇の御裁可が必要ですが、そういう戦争計画は御裁可にはなりません。そこで、中国軍の不法攻撃を受け、その反撃で兵を動かすことは関東軍司令官に許されていますので、司令官の権限を発動できる事情をつくりながら、結果的には全満を占領する、という戦略をとりました」

つまり、天皇が知らぬ間に侵略の既成事実をつくっていく関東軍の奥の手は、これだった。

◆満州国か日中和平政権か

「満州の破壊そのものは少し乱暴だったでしょう。何分中国軍兵力二十万、関東軍一万、それに戦前から激しい日本人・朝鮮人に対する圧迫、追い出し風潮が全満的に漲《みなぎ》っていた。私は満州事変前、奉天市内で、日本婦人が正装の和服姿で人力車に乗っていたところ、群集の目の前で中国人車夫が車を仰向けにひっくり返して転倒させ、みんなが手を叩いて笑いこけていたのを目撃しました。群集の前ではその車夫に抗議もできず、口惜しい思いをした。だから、関東軍が全満の日本人・朝鮮人の生命財産を守るため、疾風迅雷《しっぷうじんらい》の軍事行動を起こしたことは理解できます。その後、満州国づくりとなったのです。この満州国の建国理念は世界に例を見ないほど素晴らしいものでした。民族・人種・宗教・生活慣行の相違によって不等・不法な取り扱いを受けない、人間としての平等主義国家で、国歌にも『無苦無憂。親愛を第一に、天地の神の御心に適う王道国家になろう』との趣旨を謳っている。蒙古族・満州族中心の弱小民族の自立国家ですよ」

と私は石原さんを弁護した。

「ほう。それは大仕事だな。鉄道爆破一つロクに出来なかった関東軍に、巧くそれがやれるのかな」

と家康も口が悪い。

「それは大丈夫です。もともと満州は漢民族の領土ではありませんから、土地の民族の自決自立なら、列国の理解も得られましょう。手早く、元清朝の廃帝・溥儀《ふぎ》氏を首班に国づくりすべく天津からお迎えしています」

と石原さん。

「迎えは誰がしたのか」

「土肥原大佐が天津にお迎えに行き、満州にお着きのときお出迎えしたのは、甘粕正彦元憲兵大尉です」

「なぜ満州族の代表を表に出さんのじゃ。謀略はな、敵方（蒋介石やルーズベルトその他第三国）を意識しながらやるもんじゃ。それじゃ国民もついてこないし、列国の承認もあるまい。儂《わし》は航路転進するよ」

「と申しますと？」

家康はわれわれの意表をついた。

「蒋介石に特使を送り、満州新政権について協議したい意向を伝える。彼は広大な中国の南北を統一し、これから日本の絡む満州に手をつけようとする矢先、満州を日本に横取りされてしまった。そこで蒋介石は日本を敵国視する。ところが意表をついて日本から特使が来るということは、新しい中国の統一者として表敬されたということ。そこで、満州を日本の領土にはしない、ただし、特別な地域における中国の地方政権のあり方を協議して、特殊な自治的地方政権にしたい旨申し入れるのだ」

「折角占領した満州を日本の領土にしないで、また満州国もつくらないで、どうして蒋介石にそこまで気を使うのですか？」

「日本の領土にしたり、満州国という身代わり国家では列国の反感が恐いし、日ソ開戦のときは、中国が日本の背後を突いてくるだろう。儂《わし》は日中が協力してソ連と戦うようにしたいのだ」

「で、蒋介石が協議に応じたらどうなさるので？」

「首班は二人制とし、一人は張学良を推薦、軍事担当とする。もう一人は溥儀で、行政担当とする。満州地下資源の開発、基礎産業基盤造成工事（巨大ダム、電源開発等）は中国資本の参加を求め共同事業とする。その他の経済部門も中国資本の参加を求める。政治的には日中防共協定、経済的には満州を世界の重要な資源供給国にし、また世界商品市場においても満州を重要な存在となるまで開発向上させる」

「中国の民族資本の参加を求めるとなれば、蒋介石の奥さん（宋美齢）は大財閥・浙江財閥の娘さんで、財閥あげて蒋介石を支援しており、その参加を認める訳ですね」

私は、中国の民族資本の参加を認める家康は、流石大人物だと思った。

芝さんも発言した。

「八幡製鉄所開設の当初から、その使用鉄鉱石の大半を供給してきた中国の漢冶萍鉄鋼公司の経営者・盛家は、三井、住友を会わせた以上の中国随一の大財閥で、その子息・盛敏度は一高、東大出身。宋美齢の兄・宋子文（蒋介石政権の総理）はかつて盛家の秘書だった人。だからこれらの人に開放すれば日中本格戦争にはならなかったと思われる。

「それらの関係から、米英資本等も参加を求めてくるのではありませんか？　結局それは門戸開放になり、日露戦争以来の、満州の日本独占、閉鎖主義を破るということになりますが」

と私は念のために聞いてみた。

「それでよいのだ。満州の独占、閉鎖主義は世界から孤立し、やがて敵対関係を生じ、万一日ソ戦になれば、日本は単独でソ連と戦わねばならない。ソ連を仮想敵国とする軍事予算の重圧は大変だ。門戸開放すれば各国の利権が絡むので、ソ連は満州国への進攻そのものができ難くなる。したがって特にソ連を仮想敵国とする必要もなく、軍事費負担がなくなるので、それだけ国の財政が楽になる。満州開発にも力が入ろう」

家康は、満州を軍事的に見ず、経済・産業開発重点に見ているようだ。日本の大陸膨張主義は世界に調和する経済主義によるべきだと考えているようだ。

芝さんは言う。

「張作霖の下野前に、矢田・上海総領事と蔣政権の大物・王正廷の会談（昭和三年五月十八日）で、奉天軍が華北から撤退するなら、満州までも攻め込もうとは思わない、と言明しているから、家康さんの対蔣交渉は成功したと思われます」

三◇国際連盟は脱退しない

私は話題を変えた。

「中国は日本の満州侵略を国際連盟に訴えました。国際連盟とは、第一次世界大戦後、二度とこんな戦争はしたくないと世界各国がつくった世界平和維持機構だが、日本は終始非難され通し、結局、四十二対一で敗れたので、怒って連盟を脱退しましたが、家康さんもそれでよいと思われますか？」

と切り出してみた。

「四十二対一とは、日本を除けば全会一致の日本非難じゃないか。連盟加盟国には大国もあれば小国もある。それぞれの国の事情から、日本に対する批判が分かれてもよい筈。おかしいな。そう持っていく分裂作戦はとらなかったのかい？」

と家康は突っ込んだ。そんな話になると、国際連盟から派遣され、日中紛争を調査したリットン調査団長をお呼びするほかはない。

リットン卿はイギリス人で、インドのベンガル州知事。インド総督代理などを歴任、海軍次官にもなった政治家。調査団員は計五名で、米英仏伊から選抜された。

私がご出席願う理由を説明したところ、卿は大きなゼスチャーをしながら、

「私達は日本訪問の際、内田外務大臣に『日本は国を焦土にしても満州国を守る』と言明

され驚きました。満州は本来外国の領土で、日本人の居留民も百万人程度。若干の権益があるとしても、日本全土を焦土にしてまで守るべき対象ではない。それなのにこのような大放言は、われわれが日本に都合の悪い報告書は出さないようにとのわれわれに対する脅迫で、調査団一同の印象を非常に悪くしました。外務大臣がこういう人だということは、日本人が非常に好戦国民だという印象を強くしました。しかし、膨張主義民族が弱い民族を征服するという点については、今日列強と称せられる国はみんな前科者ではあるが、もうその時代ではないのに、後進国日本がわれわれのやったことを真似た訳ですからね。あまりわれわれは正義漢ぶれないのですが、あのように頭から脅迫されたので日本に対する好意は失せました」

「弱い国はどうですか?」

「スウェーデン、ノルウェー、アイルランド、チェコスロバキアなどは、いつも大国の脅威に怯えていたので、日本軍に占領された地域の人々はきっと搾取と圧政に苦しんでいるものと決め込み、日本に対する風当たりが強かったですね。そんな気配を知ってか知らずか、日本政府は『満州は併合しない。満州国を理想国にしようとも思わない。独立国として日本の権益と伸長に役立てばそれでよい』と申しました。これでは弱小国が心配する搾取と圧政を認めたことになります。『現在の権益だけでなくその伸長に役立てばよい』ということは、『取れるだけ取る、絞れるだけ絞る』という意味。それを公言するとは恐れ入りました。ところが、イギリスの東印度株式会社に類似する日本の国策会社・南満州鉄道株式会社が、会社の事業映画を約六百人程の連盟関係者に公開しました。これを見て反日派の急先鋒、チェコのベネシュまでが『日本がこれほど満州の開発と文化開発に努力しているとは知らなかった。なぜもっと早くわれわれに知らせてくれないのか』と言ったほどでしたが、日本はしばしば連盟脱退を匂わせ、圧力をかけたので、全連盟から反感を買いました。われわれ調査団は、日本の侵略行為を調査しているのですから、普通の国際常識から言えば、侵略行為を中止するものと思うのですが、日本は中国侵略の行為を積極化し、連盟無視の態度を露骨にしました。日本は、自ら世界から孤立する方向を選びました。どう見ても日本は頭に血が上った一種の無法者で、どう頭を冷やさせるかに苦心しました」

「で、あなたはどういう報告書を連盟に出されましたか」

「膨大な報告書になりましたが、大雑把に言えば、満州事変前に原状回復することは問題の解決にならない。満州は自治化や国際化も絡むので、日本の意見も聞いて検討したい。また、然るべき国際的な監視制度をつくり、監視する必要がある、というような内容でした」

「日本はこの報告書を不満とし、反論の末、脱退しました。家康さんはこの報告をどう思いますか？」

「儂《わし》は満足じゃ。満州事変前への原状回復を否定しているのがよい。その後の政治体制はみんなで考えようと言っているのだから、それでよいではないか。国際連盟で満州統治の政治体形が決まるということは、ソ連は満州に手を出し難くなるということで、日本のソ連に対する不安感は軽くなる。戦争のない世界平和は、領土・資源の独占でなく、開放の上に花咲くもので、その方向で決めればよい。まして、日本と中国が合意した案ならば、連盟では異議はない筈。だから中国を怒らせないで、報告書の方向で中国の体面を考えてやることだ」

平和主義の家康は、満州を日本の領土にしたり、満州国をつくって日本の身代わりにして満州を独占しようなどとは毛頭考えなかった。連盟が満州の統治組織を考えるというのだから、すべて連盟に任せればよい。それで対ソ・対中国関係もすべて解決する。世界各国とも友好関係が保たれる。連盟脱退はもってのほかだと言う。

「家康さんのご方針なら連盟の大勢は日本を支持していたでしょうに」

リットン卿は残念がった。

四◇戦争終末策

日本は、対米英開戦当初は大きな戦果をあげたが、一年後、早くもアメリカの反攻期になり、日本は厳しい戦争に追い込まれた。もしこの時期に、家康が国の指導者になったら、どんな戦いぶりをするだろうか。私はそれが知りたくなった。

「家康さんはどういう戦争指導をなさいますか?」

◆戦う意味のない戦さはやめろ

「戦さと言うものはだな、双方とも勝つと見てやりおるが、どちらが勝つかは神のみが知る。神ならぬ身は、人間の浅知恵ながら、多少とも神の判断に近づく術がある。それは戦う意味を考えることだ。意味のない戦さと気づけば、互角に戦っている間なら引き分けの形で講和できるのだ。互角で戦えなくなったら、降伏の形でないと講和はできぬ。講和しようと思っても軍人感情からは難しい」

「意味のない戦さとはどんな戦さですか?」

「絶対的に勝ち目はないと知ったときから、その戦さは意味のない戦争となる。神が負け戦さと見た方は、国富・国土・国民の受ける戦禍が、戦えば戦うほど大きい。だから、そうと知ったら一日も早く戦争収束を考えるということじゃ」

「必勝の信念が固いと、負け続けても、野球じゃないが九回裏逆転を夢想して戦さを続けるので始末が悪い。負け戦さとなれば戦死者続出、戦力が低下するので、九回裏逆転勝利など絶対ないのです」

と芝さんも言った。

「山本君。アメリカが、日本にここを占領されては負ける可能性があると思うようなところはどこかな？」

「それが、ないのです。アメリカ本土には攻め込む足場はないのです」

「では日本についてはどうか」

「アメリカの陸軍機B29なら四トンの爆弾を積んで三千五百マイル飛べます。この陸軍機で日本を日帰り爆撃できる島を占領され、そこを飛行基地にされては、連日本土空襲されることとなり、日本の建物は殆ど木造建築だから、軍需工場はおろか、都市も潰滅させられる可能性がある。日本の防御陣地を完全破壊すれば、日本そのものが占領される可能性もあります」

「それに、アメリカ同様に、飛行機、軍艦、兵器、弾薬の生産能力、壮丁の動員能力があるかということ。日本とアメリカは人口も工業能力も大きな差がある。だから、アメリカが本気で動き出す前なら、引き分けの形で戦争を終わらせることができる。ついで、負け戦さと知るチェックポイントを心得ること。それは戦争現場の彼我の戦力差にいち早く気づくこと。そうと知れば戦死傷者を出し続けてまでトコトン戦させねばならぬものかどうか、人道主義から戦う意味を見通すことじゃ。負けそうだと言えば軍人は怒るばかり。だから、人道主義と戦争目的から話をせねばならん」

家康は言った。

「五十パーセント勝算が見込まれる戦いが互角の戦い、それ以下の勝算なら負け戦さ、そんな戦さが続くと見れば、意味のない負け戦さ、一日も早く休戦講和すべきじゃ」

「死中に活を求める戦術があり得ると思われますか？」

「そんなものはない。そんなことを考えるようになってはおしまいだ。後世に、非難・批判されるような非常識な作戦は負け戦さの悪あがきじゃ」

家康に指摘され、山本さんには、「爆弾を抱いて敵艦に体当たりする神風特攻」が悪あがき、石原さんには、「山また山、輸送の見込みの全くないインド・ビルマ国境方面に、米英の飛行機二千機に対し、百七十機の支援のもと、兵に二十日分の食料と銃弾二百四十発を持たせた死のインパール作戦（昭和十九年三月、将兵七万二千名戦死）の無意味な作戦」も悪あがきかな、と思えた。

グルーが口を出した。

「ドイツがベルギーへ無通告で戦争を仕掛けたとき、ベルギー政府は、国王レオポルド三世をロンドンに亡命させ、ドイツ軍との徹底抗戦を進言した。そのとき国王は、『ドイツの物量作戦でやられては徒《いたずら》に軍人や国民を死傷させるだけで、勝つ見込みはない。国は敗戦では滅びない。国民が国民としての魂を失ったときに滅びるのだ』と述べ、降伏しました。日本は国破れて焦土でも山河が残ればよく、日本の魂を持つ民族の温存は考えないのですか？」

とグルーは皮肉った。そして意外なことを言い出した。

「アメリカは、昭和十八年で軍事生産を平時生産に切り替えました。もう日本は弱り切って戦力ゼロ、それにアメリカは武器弾薬のストックの山だから、軍事生産体制を打ち切ると言うのです。アメリカは戦うにつれ、日本の飛行機の少なさ、射撃ぶりの貧弱さから、武器弾薬が欠乏していると見て、そう結論しました。逆に言えば、日本は終戦の時期と知るべきでした。ところが、それを無視して、戦争指導者はまだ勝利の機会ありと言うのですからね。呆れてものが言えません」

「こんな話を聞きましたよ」

と山本さんは言った。

「サイパン奪回作戦に失敗し、遂にサイパン放棄と決めた時、岸信介商工大臣が、『それじゃ、サイパンから連続空襲され軍需工場は全滅するので、和平を考えるべきではないか』と進言したところ、東条は激怒、一喝して叱り飛ばしたそうな。ところがだ、その後、四方東京憲兵隊長が酒席で『今に見ていろ、岸信介は必ず殺す』と放言している。ということは、東条は、全国の憲兵隊を通じて恐怖政治をしているということじゃないですか。彼は、中国で阿片密売をして得た十六億円ものヤミ金で日本の裏社会を牛耳っていると言われている。そして、戦況の悪化から生活物資が不足しているので、重臣層から東条批判が出ないよう、いろんなヤミ生活物資の届け物に事欠かないようにしたそうな」

和平を発言した現職の大臣を暗殺対象にするぐらいは朝飯前と見られる恐怖政治。これでは一般国民の間に厭戦気分が漲《みなぎ》ってる、と家康は見た。重臣も政治家も、東条の弾圧のもとに窒息死。東条は新たな作戦に期待を持たせて戦意を駆り立てようとする。これでは軍人・東条で、政治家・東条ではない。これ以上国民を苦しめたくない、無駄に将兵を死なせたくないと思うのが総理の職務で、絶対に休戦講和すべきところだが、最後の勝利を夢見る将校連の突き上げで決断できない。それは、主戦論者・東条色の内閣だからで、ところここに至れば、各党派の連立内閣をつくるほかはない。東条派・反東条派・中間派の閣僚で組閣する超党派内閣をつくる。総理は皇族とする。閣僚は天皇が指名するもので、連立内閣の結束性は天皇親政に奉仕する使命感とする。そうなれば、戦力低下した惨敗の実体が隠されずにボロボロ表に出てくる。表のきれいごとで事実を隠す悪い癖を叩き潰せば東条も青年将校団も夢から醒めるだろうと、家康は考えた。

◆なぜソ連に休戦斡旋を依頼したか

日本は連戦惨敗にもかかわらず、勝機を諦めなかった。レイテ海戦（昭和十九年十月）で連合艦隊は事実上全滅し、沖縄戦（昭和二十年三月）では、軍・義勇軍の犠牲者九万に対し十五万の老幼婦女を悲惨な死に追いやったのに、軍上層部の戦意は衰えず、昭和二十年六月八日の御前会議では、全国的な沖縄の悲劇再現をあえて辞さずと、本土決戦を決定した。本土防衛陸海軍二百五十万。これでは戦力不足と、男女根こそぎ動員で、二千八百万名を義勇軍として参戦させるという。渡される武器は竹槍、それに江戸時代の捕吏が使う〝さすまた〟。これでは世界戦史上前代未聞の生き地獄となる。米英軍の進攻は二～三カ月単位だから沖縄戦後（昭和二十年四月）、早急に防衛準備をすべきなのに、九月にならないと整わないと知った天皇は、これでは危ないと、六月二十二日、鈴木総理以下全閣僚を集め、戦争終結を研究せよと指示された。結局、ソ連に終戦の斡旋を依頼することとなった。

「家康さんもソ連に依頼されますか？」

「ソ連に依頼した理由は？」

「ソ連は大国だから、無条件降伏にならないよう斡旋してくれると期待されたためです」

家康はちょっと首を傾け、そして急所を突いてきた。

「沖縄戦後の日本の軍事力はゼロ同然、無条件降伏は連合国の常識だろう。その常識を抑え込む程、ソ連は連合国に顔が利く立場にあるのか？」

「独ソ戦では、ソ連は米英のお蔭でドイツに降伏せずに勝ちました」

「ならば、米英に借りがある立場。また、ソ連は日本のために一肌脱ぐべきなんらかの義理・恩義でもあるのか？」

「松岡外務大臣がソ連に日ソ中立条約を持ち掛けたとき、お土産に南樺太の移譲をほのめかしながら、有耶無耶にして怒らせています。また日本は、三国同盟を結んだ（昭和十五年九月）直後、日ソ中立条約を結び（昭和十六年四月）、間もなく独ソ戦（昭和十六年六月）となった。ソ連の法解釈では、日本は如何なる場合でも、ソ連を攻撃できないこととなる。まして、三国同盟上日本が参戦義務を負うのは、独・伊の何れかが攻撃された場合であり、独ソ戦はドイツがソ連に仕掛けた戦争だから、日本の参戦義務は全く生じない筈です。したがって、ソ連はソ満国境の三十三カ師団の精鋭を独ソ戦に向けることができる筈。ところが、日本は関東軍の特別大演習の名目で、独ソ戦の直後、七十万の大軍を満州に集結させ、膨大な量の武器・弾薬・食糧を集積しました。これはソ満国境のソ連軍が西へ移動しはじめるや攻撃する意図が見え見えで、このためソ連はソ満国境軍を独ソ戦に参加させられず、独ソ戦は非常に苦戦に陥ったのです。ソ連は日本を恨みこそすれ、日本のためになんらかをする厚意など微塵もある筈ありません」

と石原さんが答えた。

「日本が無条件降伏を避けようとこだわったのはなぜですか?」

と私は聞いた。

「日本の国体護持（天皇制維持）のためですね」

「ちょっと待って下さい。ソ連は共産主義国家でしょう? この国は天皇制を廃止しようとする国でしょう? バッカじゃないか?」

私は呆れ果てた。

家康は笑い出した。余りにも幼稚な政府。日本人の精神主義は狂人と紙一重か、それとも、世界は日本が考える方向に動かしうるという我田引水的国民性が問題じゃないのか、と指摘した。そして、

「儂《わし》はソ連には依頼しないぞ」

と明言する。グルーは渋い表情で言う。

「アメリカでは、日本本土上陸作戦の場合、硫黄島や沖縄上陸作戦の激しさから、九州だけで当初一カ月の米軍被害は攻撃軍の三十五パーセント、二十七万人の戦死傷者が出るものと試算。戦争が長期化し、全国的な上陸作戦では大変な戦死傷者になろうと結論した。そこで、スチムソン陸軍長官は七月二日、天皇制を認めて日本に降伏を勧告するよう覚書を大統領に送っていたのだがね」

◆家康の終戦政策

「では家康さん。あなたの終戦政策はどうなさるので？」

「儂《わし》はな、レイテ海海戦で連合艦隊が全滅した後、重臣一同の連盟で『最後の一兵士まで戦った後は、アメリカは日本全土を楽に占領しよう。そのとき皇室および老幼婦女子を守るべき軍隊がなくてよいものか。よって、海軍の全滅をもって終戦の申し入れをせよ』との意見書を、内閣・統帥部ならびに木戸内大臣に提出する。東条には最古参の元総理から手渡し、もし東条にその意思がないと見たときは、国会両院議長に、議院の上奏権（旧憲法第四十九条）を行使、休戦するよう上奏する。また、陸海軍軍人に対し、『開戦以来の尽忠報国の努力を嘉賞し、巧みな善戦にも拘わらず天の利なく、悲惨な戦況となり、これ以上将兵・国民の流血を見るに忍びず、遂に休戦講和をせざるを得ないと決意した。戦争目的完遂に至誠一貫する将兵にとっては、不満多きものとは思うが、日本民族の存続を図り、後図を計らんとする朕《ちん》の苦衷を諒せよ』という趣旨の天皇詔勅を出してもらう。連合国に対する休戦申し入れ、またはポツダム宣言受諾はその後とする」

家康が言い終わるや否や、石原さんと山本さんは、感動こもごも熱っぽく次のように喋り出した。

「それだ。終戦の幕引きにそれだけの手順と軍人心理に気づかなかったばかりに、国はとんでもない破目を見るかも知れない大騒乱に陥った。というのは、陸海軍は本土決戦の政府方針により、戦局一変の意気込み、物凄くいきり立っていた。ところが寝耳に水、ワシントン放送で、日本がポツダム宣言を受諾したことを知り、吃驚仰天、これは君側の奸臣の策謀なり、として陸海軍の青年将校は結束して全陸海軍に呼びかけ、叛乱抗戦体制を固めた。これら叛乱の根拠地は、マッカーサーの乗機が着陸する厚木飛行基地で、アメリカ進駐軍機の着陸を妨害するため、飛行機二百五十機のタイヤの空気を抜いて滑走路に並べた。また、八月十五日、天皇の玉音放送が行われた後での叛乱抗戦は逆臣にされるので、放送不能にするため、十四日、近衛師団は、森師団長と幹部を殺害して玉音盤奪取のため、皇居・宮内庁に侵入探索し、森師団長名の決起趣意書を全陸海軍に送っている。このような騒乱は、もし家康案のような手順を踏んでおれば、絶対に起こりえなかったもの。これは明らかに政府の大失策だった。降伏型休戦、特に惨めな降伏ほど勇戦敢闘した陸海軍将兵をねぎらい、降伏を納得させ、一致団結させることが必要なのだ」

「なるほど。で、休戦申し入れはどうなさる?」

「儂《わし》は、遅くとも沖縄戦の前に連合国各国に対し休戦申し入れをし、ドイツにも休戦を勧告する。その際講和条件には一切触れない。それはその後の成り行きに応じて話し合えばよい。また、ローマ法王庁にも通知し、これまでの日本との交戦により、犠牲になった交戦国将兵の冥福のお祈りをしてもらうことをお願いするとともに、日本が誠実に交渉し、定められたことは必ず実行することを見届けてもらうよう後見を依頼する」

「ほう。昭和天皇は開戦直後、ローマ法王庁に特使を派遣するようご下命がありましたが、昭和天皇の先見の明をこの際生かそうという訳ですね。いいですね。日本は、休戦降伏により一小国に転落しますが、戦後、日本をめぐる米ソ関係、共産主義と資本主義の勢力圏がどう絡み合うかが問題ですね。戦後の日本の生き方を左右する大問題ですね」

私は、日本がどういう国際的な谷間に落ち込むのかと心配した。

「それは、満州、中国を赤化から防ぎうるかどうかじゃ。儂《わし》は、満州がソ連に侵略される前に日本が休戦申入れをすれば、満州も中国も共産化しないと思う。ソ連の参戦については、グルー殿の意見を聞いてみようではないか」

グルーは大きく頷いた。

「ドイツがモスクワ郊外のスターリングラードで惨敗（昭和十八年二月）、続いてイタリアが無条件降伏（同年九月）したとき、日本政府はドイツに独ソ和解斡旋を提案しましたね。日本も、絶対防衛のマリアナ防衛ラインが破れたときなので、独ソを和解させ、日本も休戦和平するものと見ましたが、断られている。講和の気があるのなら、なぜヒットラーの意見を探るのか。なぜ天皇の聖断に従わないのか。沖縄戦では、日本海軍の至宝戦艦『大和』以下残存艦隊を投入したが、援護する飛行機は一機もなかった。それに、沖縄の飛行場から猛烈な米艦魚雷攻撃があると思ったのに全くなく、簡単に占領できた。日本の戦力は非常に落ちているので、日本の降伏はソ連の力を借りるまでもない。ソ連が参戦すれば、戦後のアジアにおける米ソ関係上、ソ連が有利に立つ恐れがある。そこで、ソ連の参戦前に日本に休戦を申し出させるため、スチムソン陸軍長官も天皇制を認めたので、ポツダム宣言で降伏勧告をすることになったのです。それも無条件降伏の印象をさけたのです。ということは、天皇制廃止を出さないこと、日本民族滅亡の不安を持たせないこと、日本軍の将兵は奴隷的に使役せず、帰郷させ生業に就かせることを明らかにした。また、『降伏』という言葉を使わず『終戦』という言葉を使ったのです」

つまり、ポツダム宣言は不名誉な無条件降伏勧告宣言でなく、降伏条件を具体的に示したので考えろという勧告だった、と言うのだ。

グルーは、ユダヤ人虐殺をしたヒットラーが降伏する筈がない、その彼に休戦の相談をする日本政府の愚かしさ、こんな政府では日本国民は救われない、と思った。

◆本土決戦の生き地獄を見るより、ソ連の参戦を

グルーは続ける。

「米・英・ソの首脳会談（ヤルタ会談、昭和二十年二月）で、スターリンは、ドイツが降伏しても日本は戦争を継続すると述べ、ソ連は、ドイツ降伏後三カ月以内に対日宣戦すると言明し、了承されました。ソ連は、独ソ戦開戦直後、日本が満州に大軍を集結したため、ソ満国境にソ連軍三十三カ師団を釘付けにされて動けず、そのため、モスクワ近郊まで攻め込まれたのはすべて日本の所為と思い込み、復讐したいのです。

三カ月以内とは、ソ連軍を極東に移動させるシベリア鉄道の輸送期間です。アメリカと

しては、沖縄戦が終れば三カ月以内で日本本土の上陸作戦を開始できる。が、ソ連の参戦申し出があったので、ソ連の参戦で日本を降伏させる方針に変えたのです。アメリカは、日本本土決戦は気が重いのです。日本は兵の降伏を認めないのみか、一般の非戦闘員の降伏をも認めない国だということは、サイパン戦ではっきりした。サイパン戦では老幼婦女子が竹槍を持って兵士とともに突撃してきたのだ。わが軍の日本兵を撃つ銃撃で老幼婦女子も死んだ。マッピ山頂に追いつめられた女性群は、百五十メートルの断崖から、聳立《そびえた》つ岩石と海に向かって、お互い手をつなぎ合い、母親は子供を胸に抱え、次々に飛び込み投身自殺しました。この惨劇を目前に見た米兵は、日本人憎悪の一念に凝り固まっていた怨念が吹っ飛び、茫然自失、絶句したと聞いています。なぜ日本軍は、幼老婦女子には白旗を持たせて救命しないのか?」

とグルーが言う。

「沖縄戦（昭和二十年四月）でも多数の老幼婦女子が悲惨な死に追いやられた。兵隊同様に戦った少年鉄血勤皇隊。ひめゆり部隊の女子学生も洞穴内の野戦病院にいたが、自動小銃で全員殺された。真実野戦病院があったのなら、なぜ洞穴の入口に赤十字の旗をおかないのか。

設営隊の兵士八千九百名のうち、小銃を持つものは三分の一、その他は竹槍だった。戦力の落ちた状況でも降伏せず、少年少女まで駆り立てて戦うとはどういうことですか。もし軍が非戦闘員の生命を尊重するなら、戦場から離れた島に移し、白旗を掲げさせれば、その人達はみんな助かったと思うのですが」

私は軍の配慮の足らなさを嘆くと、石原さんが、

「沖縄は、三カ師団で防衛することになっていた。ところが、参謀本部は米軍の台湾上陸作戦に備え一カ師団を台湾に送り、そのまま補充しなかったので、非戦闘員にも軍と一体となって戦ってもらうことになったのではないか」

と言った。グルーは悲しげにゼスチャー混じりで、

「バカな。台湾は戦後中国の領土となるもの。多年日本と戦ってきたアメリカの友好国・中国の領土となる台湾に上陸すれば、台湾は人も物も目茶目茶になる。それを承知で上陸作戦などする訳がない。大本営はそんなに幼稚なのですか。だがね、全滅を前にした極限状態にある日本軍は鬼畜の集団、と言っては善良な兵士に気の毒だが、アメリカ兵に収容された婦女子達は、アメリカ兵より日本軍が怖いと証言した者が沢山います。日本軍は、アメリカの上陸軍を海岸で撃滅する水際作戦には兵力不十分と見て、島の山岳地帯の洞穴に立ち籠《こも》りました。このとき、アメリカ軍に捕まれば日本軍の状況を話すだろうと思われる市民は斬殺されました。洞穴では一般市民の持ち込んだ食糧を奪い、安全な場所にいて

も軍行動の邪魔になるからと追い出し、住民を集団自殺に追い込んだり虐殺したりした事例は数え切れません。日本軍は一般国民の命など虫けら同然に思っていたようです」

このグルーの言葉に、私は、一カ師団を台湾に持って行かれ補充されない将兵の怒りが正常な判断を失わせたと思ったが、石原さんが意外なことを口走った。

「そうなんだ。そういう奴（軍人）がいるんだな。本土決戦が間近と噂された昭和二十年四月頃だったか、ある大きな都市の師団司令官が『本土決戦になったら、食糧が絶対的に不足する。そうなったら、老人や子供は殺してしまった方がよいのではないか』と陸軍省の局長に意見具申した大馬鹿がいたよ」

と自嘲気味に言った。私はわが耳を疑った。陸軍の元幹部として恥じているようだ。

実は、こんな大馬鹿が出るほど食糧事情は逼迫していたのだ。戦地に持って行かれた人は一千万人に近く、三百万人が軍需工場に、三百五十万人の学生・生徒が勤労動員され、婦女子三百万人も工場に。これでは食糧生産にも輸送にも働き手がなくなるのは当然。昭和十九年八月十日、軍需省総動員局は「昭和二十年には日本は餓死列島になる」と報告しているのだ。それでも戦争継続を叫ぶのだから日本人には大きな欠陥がある。

グルーは大きく頷いた。

「私は、日本人は追いつめられたら暴発する国民性だと思っていたが、むしろ気が狂う国民性なんですかね。イギリスは、ダンケルクでドイツと戦う三十万の軍隊が負けると判断するや、全軍の敵前撤退をやり遂げました。このとき、従軍犬数千匹を助けようと、武器弾薬を捨てて、犬の収容場所をつくりました。命を大切にするイギリスと、皆死なせる日本と、どちらが大馬鹿もんですかね」

冷や汗をかかされるような鋭い言葉。グルーは日本を信頼していない。さらに続ける。

「本土決戦になれば、全国的に婦女子に竹槍を持たせて、戦車や火炎放射器、自動銃に突撃させる。守りに入れば彼女らの食糧を奪う。こんな前代未聞のおかしな戦争になるのなら、アメリカは本土決戦はしたくない。アメリカは正規兵同士の堂々たる決戦がしたいのだ。たまたまスターリンが参戦したがるので、アメリカは渡りに舟と、日本の息の根をソ連に絶ってもらうことにしたのです」

◆日本はソ連参戦を知っていた筈だ

グルーは、日本が英米等九カ国と戦っており、現実には五十カ国と敵性関係になったので、各国からの情報網もなくなり、ヤルタ会談という世界の歴史的事実も日本は気にもしなかったのだろうか、と疑った。しかし、

「スイスは中立国家で諸情報の宝庫、陸海軍武官も外務省の出先事務所もあり、ドイツ降伏後三カ月以内に満州に攻め込むという情報は、日本に入っている筈。私でさえ、北京大使館事務所の友人から、『大連市にあるソ連領事館は重要書類を焼却、また、ハルピン市等に住む白系ロシア人（共産主義を嫌って逃げてきたロシア人）に対し、ソ連協会に登録した者は敵性ロシア人とは認めないという登録勧告が出ている』と聞いているから、東京が知らない筈はありませんよ」

と、私も東京が情報収集を怠っているとは思わなかった。

「ヤルタ会談では、ソ連参戦の条件として南樺太と千島列島をソ連領とする話になった。そのソ連に休戦斡旋依頼すれば、北海道までも差し上げると言わない限り、ソ連は日本のために動くまいに。それにしてもおかしいな。スイス駐在の日本の出先機関（駐在武官、外交官）とアメリカのダレス諜報機関がトルーマン大統領了解のもとに和平条件を話し合っていた。親日家ヤコブソン国際銀行総裁も参加した有力な戦争終結路線を捨てて、なぜソ連にすがりつくのか理解できない」

ドイツの降伏は五月七日。その一カ月後の六月三日、元総理広田弘毅はソ連の駐日マリク大使に休戦斡旋依頼を交渉したが、「十分に研究する」と逃げられた。

「だが、おめでたい日本の首脳者達は、本当に研究してくれると思い、研究促進のため近衛文麿をモスクワに派遣しようとして断られたり、外交音痴そのもの。私は呆れ果ててしまった」

「日本の外交音痴は昔からのことだが、それを吹き飛ばす〝神風《かみかぜ》〟が最後に吹いたと思いますよ。ただ、軍人内閣が期待するのは日本が大勝する神風のみ。外交上の救いの手となる神風とは気づかなかった。返す返すも残念です」

「ほう、それはどういう意味ですか？」

山本さんと石原さんが、意外だと言わんばかりに聞いた。私は断言した。

「それはポツダム宣言が出たということです」

五◇ポツダム宣言をめぐる大ポカ

昭和二十年七月十七日、チャーチル英首相、トルーマン米大統領、蒋介石中国総統、スターリン・ソ連首相らは、ベルリン近郊のポツダムで会議し、日本に降伏を勧告するポツダム宣言を発表した。ソ連の参戦予定日の直前の降伏勧告。ソ連の対日参戦目的は、満州・朝鮮を占領して共産国家にすること。アメリカも中国もそれでは困るので、ソ連参戦前に戦争終結させようと考え、日本に降伏勧告したものと思われる。日本がこれを受ければソ連の参戦が阻止された筈だ。だがこの宣言文は、日本の降伏条件を定めたもので、宣言文の表現上、日本陸軍を刺激する言葉遣いがあるので、冷静に読まないと、救いの神風とは気づかない難しさがあった。

◆熟慮と黙殺の言い違いが原爆を呼んだ

ポツダム宣言は、あらかじめ日本に対し密かに内示し説明するという諜報機関を通じての事前工作がなされず、いきなりアメリカから発表された。ソ連の参戦が近いのでその暇がなかったものと思われる。それだけに日本に与えるショックは大きい。東郷外務大臣は、狂気的な軍人どもにポツダム宣言を理解させるのは難しいと見て、天皇に対してさえ、「ポツダム宣言は一般的なステートメントで、具体的なことについては、なお研究の余地があるので、ソ連を通じ先方と折衝して明らかにしたい」

と、あいまいに、事実に反する奏上をした。この重大な問題を、あいまいさと事勿れ主義で当面を糊塗しようとしたのは日本人の悪い癖だ。それに連合国から出たポツダム宣言の内容照会を、連合国でないソ連にするとは何事か。ソ連とは日ソ中立条約があるとは言え、その破棄通告をしてきたソ連ではないか。グルーは笑った。ポツダム宣言文の起草にソ連は参加していないと。

このような、国の大事を深く考えもせず、ハネ上がり軍人どもに気兼ねする陸海軍主脳部を説得できない東郷外務大臣は、腹の据わらない、ただの事務屋大臣だったとは、日本にとって悲しいことだ。陸海軍大臣が反対するなら、天皇にポツダム宣言の内容を詳しく奏上し、御聖断を仰ぐという大物であって欲しかった。腹の据わらぬ軽さが重大な結果を引き起こした。総理・鈴木貫太郎もただのお人好しで、ポツダム宣言の重要性をどれだけ認識しているのかも疑わしい。東郷から天皇上奏同様のピント外れの報告を受けていたのであろうか、彼は新聞記者会見で、

「ポツダム宣言は、なんら価値ある重大なものではない。ただ黙殺あるのみ。わが国は戦争完遂に邁進するのみ」

と言ってしまった。外電は〝黙殺〟を〝拒否〟と報じた。

アメリカ陸軍長官スチムソンは、

「ポツダム宣言では、日本軍も、日本国土も、完全破壊するに十分な攻撃配備を終っていると通知したのに、それを承知で拒否してきた以上は、原子爆弾は最も適当な武器である」

と述べた。そして、広島・長崎に連続して原爆が投下され、同時に鈴木総理の黙殺発言

はソ連の参戦口実にされてしまった。鈴木総理は八十歳に近い老人、それに政治的職務の経験はないので、鈴木総理の記者会見には補佐する者がついていた筈だ。その人達は、閣議の諒解が「ポツダム宣言についてはノーコメント、その間に対応を考える」ということだったので、なぜ、「〝黙殺〟という言葉はあてはまらない」と耳打ちして訂正させなかったのだろうか。せめて〝熟慮〟と言うべきだった。この重大なときに、閣僚も閣僚ならお付きの人もお付きの人。どうしてこうも平凡なただの事務屋ばかりが国の指導者層にいたのか、私は不思議でならない。

◆家康はポツダム宣言をこう捌《さば》く

「家康さん。もしあなたがこのときの指導者でしたら、このポツダム宣言の受け方をどうしますか?」

「ポツダム宣言は降伏勧告文書だが、無条件降伏でないことを陸海軍に理解させるとともに、この訳文では単純な軍人どもを刺激する言葉が多いので、そういう直訳はしない。十二分に意訳するのだ」

「具体的に説明していただけませんか」

私はポツダム宣言の全文訳を家康に渡してはいたが、家康の明快な答えぶりには驚いた。

「たとえば、宣言四に『無分別な打算により日本帝国を滅亡の淵におとしいれたわがままな軍国主義』とある。傍線の文言は軍部を怒らせる刺激性がある。そこで、前者を『政策の分析判断の誤り』に、後者を『自己主張の強い』に改める。

宣言六に『無責任な軍国主義が（略）…日本国国民を欺瞞して（略）…』の傍線の文言も同様に、前者を『どこまでが天皇の命令なのか、命令根拠の不明確な軍国主義』に、後者を『国民の誤認を招く』に改める。無責任、欺瞞《ぎまん》の二句は軍人感情を刺激しよう。

宣言七は、『日本国内諸地点は占領される』とあるが、この『占領』を『進駐』に改める。かつて占領されたことのない日本人、特に軍人にとって、占領されるという言葉の刺激性は大きい。

宣言九の『日本国軍隊は完全に武装解除されたる後』は『日本国軍隊は自ら完全に武装を解除しその確認を得たときは…』に改める。武装解除されることは古来武門の恥辱。敗者の誇りを尊重し、自ら武装を解き武器を手渡す日本古来からの風習を重んじる文面に改める。

宣言十二は『右以外に日本国に残されたる道は、迅速にして完全なる潰滅である』と追記されていたがこの『潰滅』を『建設』に改める。破壊は新しい建設の前提であるべきだ。

もし、東郷外務大臣がこのように翻訳文を意訳して総理・陸海軍大臣・総帥部に出しておれば、陸海軍は感情的にならず、戦争終結を決意しただろう。天皇にも正直に全文を報告でき、ご納得をえた筈だ。あのように鈴木総理がどじる記者会見にはならなかった筈だ」

「あなたも国体護持を受諾の条件になさいますか？」

「いや、そんな馬鹿なことはしない。国体護持とは天皇制維持のことだが、ポツダム宣言では特に直接触れてはいない。それは現状維持と解される。それにも拘わらず国体護持を受諾条件にするのは、国体護持の可能性がないことを覚悟していると見られ、その覚悟があるなら天皇制廃止問題をとりあげても日本人社会にはさして動揺はないだろうと思われる藪蛇性がある。宣言十で、追求される戦争犯罪人は捕虜虐待等に限定されているから天皇責任は追及しないと解されるのに、天皇制護持問題をわざわざ日本から持ち出すことはない。本来、天皇責任の追求と天皇制維持（国体護持）とは別問題であるのに、国体護持だけをポツダム宣言受諾条件にすることは、日本自ら昭和天皇が責任を追求されてもやむを得ない、天皇制廃止にならないならそれでよいと言うのと同じことじゃないか。なんでそんな余計なことをするのじゃ」

と憤った。グルーは、家康の読みを確かめるように、

「ポツダム宣言は、天皇制については直接触れていないと言われましたが、それは天皇制

を否定する可能性もあるのでは？」

「いや、宣言四には、『軍国主義的助言者により、日本国が引き続き統御されるべきか、または理性の経路を日本国が歩むべきかは、日本国民が決定する』とある。助言者とは、天皇政治を前提にした言葉と解する。その助言者をどう決めるかは国民が定める。つまりこれは、間接的に天皇制の存続を認めているということじゃ。それを、国体護持だけを出すなどと舌足らずなことをやりよって……」

「舌足らずとは？」

「昭和天皇が戦争責任を負って処刑されても、天皇制さえ存続できるなら文句は言わないと読まれる怖れがあるということじゃ。どうして昭和の奴等こうも知恵が足らんのじゃ？」

家康は鋭く言い切った。そして、さらに意外なことを指摘した。ポツダム宣言は全部承諾するか、全部否定するかのいずれかで、全部承諾は、ポツダム宣言以外は一切の新たな要求を拒否できるということ。ところが、条件付受諾をしたということは、連合国も日本に対して新たな要求もできるということだ。だから条件付受諾などすべきでないのだと。

グルーは日本の情報収集力に疑問ありと指摘した。彼によると、ヤルタ会談のとき、「チャーチル英首相とトルーマン米大統領は、狂気の日本軍に戦争を止めさせるのは天皇以外にないから天皇制を残すことに意見が一致した」と、七月十六日のロンドン・デイリーメイル紙に報道されたが、この新聞情報さえ東京には入らなかったようだ。諜者一人ロンドンに潜伏させていないとすれば呆れた話だと言う。

「すると、あなたはポツダム宣言には何も疑義はないということですか？」

私は家康に念を押した。

「いや。それがあるのだ。宣言八では、南樺太と台湾は日本の領土から外されているのだ。台湾は長い間の日中戦のこともあるので中国の領土となる。それは納得できる。だが、南樺太はどこの国の領土になるのじゃ。ポツダム宣言を受諾したとき、日ソは中立関係の友好状態にあった。それなのに、もしソ連領になるのなら、儂《わし》は徹底的に反対する。もし、対ソ軍略基地にするため国際管理して日本に委任統括させるのなら納得する」

家康の強い決意を聞いて、グルーは目を輝かした。

「実はヤルタ会議で、スターリンは、『日本から休戦斡旋を依頼されたが、もし無条件降伏なら最後の一兵まで戦うから、そのときは協力願いたいとの申し入れがあった。ソ連は日本に協力しない。むしろ参戦したい』と言明し、参戦の代償として南樺太や千島をソ連にやることになった。ポツダム宣言はソ連参戦を前提にしたものなのだ」

私は少し気にかかることがある。

「『ソ連の対独戦勝は確定的だから飛行機が余るだろう。ソ連は大戦争で財政難だろうから、その飛行機を買おうじゃないか。北樺太の石油も買ったらどうか。こういう話ならソ連は戦災修復のためにも金が必要だろうから、休戦斡旋依頼も巧くやってくれるだろう』という意見が陸軍省上層部にあったそうな。スターリンに通じる筋で、抜け駆け交渉した者がいるのじゃないですか？　飛行機や石油を買うと言えば戦争継続の意味にとられ、これがスターリンの参戦意思を誘い出したのじゃないのか？」

私は、蔣介石に対しても、如何にも日本政府の意を受けたかのように日中和平を交渉した者が何人もいたことを知っている。その類のものがソ連に働きかけたのじゃないかと思った。

グルーは続ける。

「英・米・ソのヤルタ会談に、蔣介石は参加しておらず、彼は後で知って驚き、怒りました。ソ連軍が満州内に攻め込めば、満州国内は戦乱破壊され、中国人の物的経済的被害も大きい。また、全満がソ連に占領されると共産化し、中国共産党の総帥・毛沢東と蔣介石の力のバランスが崩れ、蔣介石の対共抑制策も後退する。そこで中国は、戦後の対共政策をどう考えるかとアメリカに厳重抗議したのです。一方アメリカは、南方戦線で、撃沈した輸送船から海中に落ち、溺死寸前という日本軍将兵を何人も救った。助けられ恩義に感じた多数の将兵は、『日本最強の関東軍は南方戦線に出動し、満州国内に残留する関東軍は武器もない丸裸同然の老弱兵団である』と証言しました。

アメリカがソ連の参戦を認めたのは、強力なソ連の陸軍兵力を関東軍と戦わせてソ連の兵力を弱める謀略的意図があったからなのです。ところが、関東軍は案山子《かかし》同然とあっては、南樺太や千島列島をソ連に与えるのは甘すぎる。そこで、ソ連参戦前に日本に休戦講和を申し入れさせることになった。それがポツダム宣言です。家康案のように、日本がソ連参戦前にポツダム宣言を受諾して南樺太のソ領化に反対すれば、アメリカもソ連の参戦がない以上、戦後の米ソ関係を考え、日本を防共の尖兵にするため南樺太を日本の領土に残すか、または家康案のように国際管理にしたと思いますよ」

想うに、政府判断の愚かさが、日本やアジアの宿命を一変させたということだ。もし、ソ連参戦前に日本がポツダム宣言を受託しておれば、中国は共産化せず、朝鮮は分裂せずにそのまま独立し、ハル・ノートで提言された英・米・中・ソ・タイ・オランダ・日本の多辺的不可侵条約が結ばれて、沖縄にも本土にも米軍基地を置く必要もなく、もちろん、北方領土返還問題など、蝸牛角上に国が浮き身をやつすこともなかったのだ。

第四部 何が昭和日本を崩壊させたか

――明治維新が遺した白蟻を探る――

昭和日本の崩壊は、明治維新を見習った昭和維新旋風の結果だった。明治維新のどこかに昭和時代を狂わす何かがあったのでは？　それを探ることにした。

戦後の日本は戦争を否定した。しかし、もし昭和日本を戦争に駆り立てたあの狂気が万一にも平成日本に噴き出せば、平和憲法など一気に吹き飛ぶだろう。問題はそういう狂気の可能性がどこから出てくるかだ。

満州事変以来「昭和維新」を合言葉に、日本の改革を若者のエネルギーに期待した。明治維新が若者のエネルギーで達成されたからだ。老若一体じゃない。ただ若い者だけ。

明治維新は、腐朽して傾く家を金銀玉楼の御殿に建て替えたような偉業だが、どこかに白蟻がいたとすれば、昭和日本の崩壊はその白蟻のせいだったということになる。いるとすればその白蟻、どんな正体か調べてみたい。

若者は、とかく気短で行動的だ。国事を論じる熱気の行動性は、とかく荒療治型になり易い。そうなると、荒療治する手段が、正義感・道義感・合理性に欠けるところがあっても、あえて気にしない。もし気にしたとしても、先例があれば先例に従うことが自己免罪符となる。自分の独り良がりでないと安心できるのだ。そこで明治時代に先例になりそうな何があったかを調べてみた。

一◇無知の自己陶酔的暴走性

「家康さん。あなたは維新政府をどう思いますか？」

「儂《わし》は負け犬の徳川だからな。明治維新のことは言うまい。そうだ、イギリスの公使オールコックがよかろう。幕末から明治維新までの間、幕府でも諸藩でも尊敬した人物じゃ」

オールコックは一八五九（安政六）年、駐日総領事（後に公使）として攘夷渦巻く日本に、夫人同伴で着任した人。この人に出てもらうことにした。

◆オールコックの証言

「オールコックさん。あなたは攘夷（通商貿易を求めて来航する外国商船の打ち払い）の武士達にどういう印象を持ちましたか？」

「彼等は武士と言っても、最下級の足軽クラスの人。教養はあると言ってもどうかな？外国のことは何も知らないのに、攘夷の結論を出し行動する。彼等のリーダーは長州の吉田松陰ですね。彼は東京湾に停泊するアメリカのペリー艦隊司令官の乗艦に潜入して捕らえられ、幕府に引き渡され処刑された。本来ならば処刑に値しない微罪なのだが、捕らえられて謀反的な反幕意見を吹きまくったという。そこで彼の行動を観察すると、①海外渡航禁止の国禁を承知で破った。②アメリカ軍艦に潜入するのはアメリカの法律違反だけではなく、ペリー暗殺をも疑われる可能性があった。③英語を知らないので、潜入目的の説明をどうするか、一か八かの出たとこ勝負性があった。④捕らえられると、徒に大言壮語する自己顕示性が強かった。

攘夷を叫ぶ志士達に尊敬される大人物がこのような人柄では、志士達のレベルはかなり低いと思った」

私は反論したくなった。

「あなたの国は清国（幕末当時の中国は清国といった）に戦争をしかけ（一八四〇年＝天保十一年の阿片戦争）、兵火のもと開国させましたね。この情報がじゃんじゃん流れ込んだので、国土防衛論から生まれたのが攘夷運動です。足軽達の軽輩にとどまらず、薩摩や水戸、長州などの大藩も攘夷に固まりましたよ」

「それなら阿片戦争の二の舞にならないよう、なぜわれらの通商貿易の要求に応じないのですか？　攘夷運動が過熱し、外国艦船の打ち払い令まで出しましたね。撃たれれば撃ち返します。わが大砲の威力の凄さは、阿片戦争で十分、分かっている筈だ。それなのに、負けると分かっていながらの強力な攘夷運動。しかも反対者は次々に斬殺する。それに、幕府の許可を受けて国内に居住する外国人も殺傷したのはどういう訳かね。一八六〇年（万延元年）以降殺害された欧米人は十指に上ります。品川のイギリス公使館も焼き打ちされました。みな攘夷派の仕業です。その暴走性が明治維新をつくりました」

オールコックのこの指摘を聞いているうち、攘夷に狂奔した連中と、世界を相手に戦ってでも大東亜共栄圏をつくろうとした昭和の青年将校団とに、何か共通するものを感じた。明治維新は若者のみの暴走だったが、昭和維新は国の指導者が若者に操られて行動しただけに、なお悪いと思った。

◆狂気性と謀略性

オールコックは続ける。

「攘夷派が外国艦船を打ち払えと言うのは、幕府に打ち払わさせること。当然反撃されて幕府は大敗、軍事力が低下する。そこで幕府を倒して薩長が天下を握るという謀略と見ました。それは内乱となり、日本という商品市場を壊すので、極力内乱を避けようとしたが、結局薩長の謀略に負けました。いや一杯喰わされました」

「どういうことですか、それは？」

「薩摩藩主の父・島津久光が、行列の先を乱したと怒り英国人を殺害、わが国の抗議にも馬耳東風の傲慢さで、流石《さすが》に攘夷の雄藩との名を高うした。そこで高慢な鼻をへし折るため、英国艦隊を出動させ、薩摩の海岸砲を目茶目茶に破壊（一八六三―文久三年七月）したところ、攘夷の雄藩は忽《たちま》ち開国派に変わり、ベタベタの親英ぶり。この変わり身の速さ。日本人の生存力の強さと言うか怖さと言うか、驚いた。結果的には軍艦・武器・弾薬の購入に利用されただけ。つまり、討幕準備をさせられただけ。全くしてやられたという感じです」

「ところで長州藩についてはどうですか？」

「長州の人も一筋縄ではいきませぬ。長州藩は一八六三（文久三）年五月十日以降、下関を通過する外国船を砲撃したので、米・英・仏・蘭（オランダ）の四カ国連合艦隊は、下関の海岸砲を艦砲で粉砕することになりました。しかし私は、薩・英戦の前例があるので、砲撃するまでもなく話合いで円満解決しようと、①今後、将軍を唯一の主権者としては支持しない、②イギリスと通商貿易を結べば、絶対に長州を守る……等を覚書にして、これを伊藤博文、井上聞多両君に託して説得させましたが、追い返されました。長州の外国船打ち払いは討幕の序曲と見たので、天皇・将軍をセットにした元首論で公武合体により内乱を避けようとしたり、また幕府は、対外貿易の独占を考えているが、地方雄藩でも対外貿易を希望していたので、幕府が貿易独占を固守する限り、内乱の種は消えない。よって私は重大な決意で、あえて長州と通商条約を結び、既成事実をつくってこの内乱の種子を除くつもりでした。しかしそれは、長州には通ぜず、結局、外国商船を砲撃したので、四カ国連合艦隊は下関海岸砲を完全に破壊（一八六四—元治元年八月）し、二度とこんな馬鹿なことをしないよう三百万ドルの賠償金を支払うか、または下関を開港するかを求めてきました」

「三百万ドルとは随分べらぼうな大金を要求したものですね」

「だからこそ下関開港を選ぶと思いました。ところが長州は、幕府の外国船打ち払い令にしたがったまでで、長州には責任はない、と取り合わないのです。いろいろ難航の末、驚いたことには、幕府がその三百万ドルを減額交渉もしないで支払うと言うのです。財政逼迫のなかでですよ。われわれは三百万ドルを本気でもらう気はなかった。『こんな馬鹿げた金を出すなら下関港を開港した方がよい』と思わせるためのものだったのに。その判断もできない幕府に失望し、見限りました」

「すると、狂気であれ謀略であれ、押しの一手で押しまくれば何とかなるという先例をつくったんですね」

と芝さんが結論した。

◆目的のためには手段を選ばぬ独善性

秀吉がオールコックに質問した。

「幕府と薩長との政権争いに国民を捲き込んではならんと思うのじゃが、その点、どうじゃったかな」

「目的のためには手段を選ばぬ風がありますね。幕府に対し、外国船の打ち払い令を出せとの勅命が出ましたが、これは攘夷派の偽造らしいと聞いて、呆れています。そういう勅命が出ると、商人は当然開戦近しと見て、米やその他生活必需品の買い占めに走り、物価が急騰します。攘夷派は、そうなれば幕府不信感が高まるので、討幕の理由が国民に理解され、国民の協力が得られると見るのです。おかしなことに、商人は物資買い占めで大儲けするのだからと、攘夷の志士を名乗る武士団が五百両、一千両と、白昼堂々と強奪する者が現れ、京・大阪・江戸その他の町々は死の町と化し、民衆も暴民化し、富豪の家の一揆打ち壊しが頻発しました。天皇親政とは、政権をとってからで、それまでは何をしてもよいと言うのですかね」

「そうか。それはちょっとひどいのう。下級武士達の子弟では〝徳〟も〝教養〟もないと言うことかのう」

オールコックの話は次第に熱を帯びてきた。

「いや、私は良心の問題と見ています。私は、徳川慶喜の大政奉還（日本の統治者としての将軍の地位を辞退し、天皇に新たな統治者になってもらったこと）を非常に評価していますが、逆に日本人の醜さを見た不快感が大きいのです。まず、幕府を支える土佐藩は、反幕の巨頭薩摩藩と新しい国づくりをする盟約を結び、慶喜が大政を奉還しても大名として天皇親政に協力させるとしました。将軍を辞めても大名会議（新しい国の立法機関）の議長になってもらう暗黙の了解もあって、山内土佐藩主は慶喜に進言、大政奉還となったが、途端に薩長の態度は一変し、大政奉還と同日付で討幕の秘密勅命を偽造し、慶喜の一大名としての会議出席はおろか、一切の公務公官を辞任し、領地も天皇に返上せよと迫ったのです。薩摩のこのような豹変は、実は、薩摩と長州とは討幕秘密軍事同盟を結んでいたからなのです。つまり薩摩は、徳川と右手で親しく手を握り合い、左手は刺殺の剣を背後に隠していたという次第。それに、薩摩の変節を詰る者は生命の危険を感じ、沈黙させられ、ついに慶喜は丸裸になり、恭順の日々を送ることとなりました。だがそれでは薩長の思惑外れ。徳川方に怒り狂って兵を挙げてもらいたいのです。そうなれば朝廷に反する賊軍として全滅させられる。親徳川の奴等は一名も生存を許さぬ、というのが薩長の方針でした。そこで、薩摩はどういう手を打ったと思いますか？」

勿論、われわれは知る由もない。

そこへ、イギリス横浜領事館通訳のミッドフォード・サトウが現れ、話を引き取った。

「西郷隆盛は江戸の薩摩藩邸に浪人を集め、白昼、将軍お膝元の江戸市内の豪商を襲い、斬り取り強盗勝手次第の乱暴狼藉をやらせたのです。捕吏に追われても薩摩藩邸に逃げ込めば、捕吏では手が出ない。上の方で掛け合っても、藩邸では知らぬ存ぜぬの一点張り。これでは、市民から幕府の治安責任を非難する声が高まるばかり。ついにたまりかねた幕府は薩摩藩邸を焼き打ちしたのです。西郷はこの報告を受け、待っていましたとばかり、これを徳川の叛乱として討幕の勅命による軍事行動を起こしたのです」

私は満州事変を思い出した。また上海事変も思い出した。日本兵に日本の鉄道爆破（満鉄線）を命じながら、中国兵がやったとして全満州を占領したのが満州事変、南京攻略の口火となった上海事変では、日本人僧侶が殺されたため日本人居留民を保護する名目で軍の出動となった。しかしその僧侶は、陸軍の特務（政治的工作部隊）が殺されるよう仕組まれたもの。目的のためには手段を選ばぬ西郷方式は、昭和時代に立派な先例となり、

「中国は怪しからん」という事件を日本がつくって、その事件を口実に中国を侵略したのだ。〝大義親を滅す〟の諺が、国のためになるのなら手段は選ばぬ、暴走でも何でも許されると思い込む。若者の短絡性になってしまった。太平洋戦争末期、若い娘さん達が報国挺身隊として工場に派遣された。終戦とともに彼女らは家に帰されるべきだったのに帰らせず、進駐軍が来たとき「一般家庭を守る」を大義名分に、慰安婦として差し出されたという暴露記事を読んで慄然とした記憶は、今なお新しい。

二◇明治維新は誰がつくったか

「オールコックさん。あなたは確かにご立派な方でした。しかしあなたの後任のパークス公使（慶応元年五月着任）やミッドフォード・サトウ（イギリス横浜領事館通訳）の謀略ぶりは相当なものですよ」

と芝さんは挑戦的に言った。

◆奇怪なイギリスの駐日公使宛訓示

オールコックの顔色が変わった。

「それは意外な。サトウ君、その後、本国からなにか訓令があったのか？」

「ありました。パークス公使の、薩長─幕府戦は不可避との報告に対する訓令（一八六六年慶応二年二月二十二日）です。それは、①内戦に対しては厳に中立を守ること、②日本における政治的勢力を求めないで、貿易の発展のみを求めること、③幕府の貿易政策に反対する国内諸勢力を調整すること……の三原則を訓示してきました」

「オールコックさん、この訓示ちょっとおかしいですよ」

私は直感で突っ込んでみた。

「どこがおかしいのか」

「訓令の③番目ですよ。幕府の貿易政策は、すべての貿易を国（幕府）が独占することでしょう。それに反対するのは地方の大きな藩で、地方にも外国貿易を認めろと言うこと。これは貴国の政策とも一致しますね。そこで、②番目で、貿易の発展を指示しているのは、英国の貿易政策の伸長を図れということでしょう。これは幕府と地方雄藩の対立を激化させるばかり。そのため『幕府の貿易政策に反対する諸藩の勢力を調整せよ』（③番目）では、反対勢力を統合強化せよ、と読める。つまり結果的には、薩長等諸藩の軍事力を強化せよ、ということになりますね。①番目の『戦争になったら厳正中立を守れ』は、戦争前なら話は別、つまり反幕勢力の統合は戦争になる前に大いにやれということですね」

サトウは明らかに狼狽した。私の指摘はツボを得たものと感じた。

私はフト思い出した。パークスは中国の広東で総領事時代、阿片戦争の火付け役を演じ、英国のために大功を立てた男。その功により公使に昇格して日本に赴任したからには、何かを企む筈だ。パークス着任後のサトウの活躍が気にかかった。

「サトウさん。あなたは「英国策論」と通称される論文で、日本のことをいろいろお書きになっておられますね」

サトウの顔色が変わった。

私は心の中で「ざま見ろ！」と叫んだ。私は思い切って追撃することにした。

「私は、面白いことをお書きになっているなと興味を感じました。『将軍は単に諸侯（諸大名）連合の首席に過ぎず、全国を統治するかのように振舞うは僭越《せんえつ》至極であり、この国において〝大君〟の称を持つのは天皇のみである。将軍が締結した現在の条約は有力大名が不満を持っているので、天皇のもとに、有力大名会議で条約改訂すべきだ』とね。将軍抜きの会議で改訂なさるのですか？　もし、日本を諸侯連合国と見るならば、将軍は首席ではなく大統領、即ち元首じゃありませんか。連合政体で、土地人民を持たない天皇が、どうして元首になるのですか？　反幕勢力とは攘夷派ですね。この人達は天皇のもとに結集しているので、この人達の喜ぶ論文を書き、全国に配布しました。これはイギリスの反幕宣言ですね。イギリスは明らかに中立の立場を捨てています」

パークスもサトウも、黙として答えない。実は、フランスは全面的に幕府方だった。薩長討幕軍など鎧袖一触、軽く蹴散らせるだけの武器弾薬の提供、幕軍の西洋式軍隊化の申し入れをした。英仏の二国は日本市場を争奪する宿命にあったのだ。慶喜が、もしフランスの援助を受けたなら、イギリスは堂々と薩長に軍事援助しただろう。そうなると日本は英派・仏派に二分され、彼等の利益のために代理戦争をする愚かな国民になると考えて、慶喜は断ったのだ。オールコックやパークスが慶喜の大政奉還を絶賛したのは、フランスの軍事援助を絶った英明さに敬服したのだ。

慶喜が国家国民のために、徳川を守る戦争を捨てたこの配慮は、ついに昭和時代の先例にはならなかった。日中戦争も太平洋戦争も、国家国民の利益のためではなく、陸海軍という派閥のなかの、功名心に富む奴等の利害権勢欲の結果ではなかったのか。派閥に忠実な国民性の悲しさを感じる。

◆グラバーは「俺が明治政府をつくった」と言う

私は、パークスやサトウの対日政策には表と裏がある、と見た。国策論は薩長を結びつけて決起させる誘い水なのだ。それなら幕府が持つ武器（銃）よりも精鋭なものを世話しているに違いない。

「グラバーさんを呼びましょう。グラバーさん」

と私は呼びかけた。どうもこの人の動きが気にかかる。

グラバーは長崎に住んでいたイギリス人で、グラバー商会の当主。パークスを薩摩に案内するなど、パークスやサトウとよく行動を共にするから政商と見た。

「グラバーさん。あなたは長州藩にかなり武器を売ってるようですね」

とかまをかけたら、彼はなんの悪びれもなくおおように答えた。

「君ね。日本きっての親英家の伊藤博文や井上聞多から、『近いうち長州は幕府の大軍に踏み潰されそうだ。今度は、百姓・町人・女子供も銃を執って焦土決戦する。銃一万丁何とかしてくれ』と頼まれたら、私もイギリス魂を持つ政商、後には引けませんや」

「そう言われても、連合国は日本国内に武器を売り込まないという覚書を幕府に渡していますよ」

「だから、表向きは断ったさ。だがね、密貿易なら話は別さ。上海なら面白く手に入るよ。金の心配をしとったから百万ドルまでは融通してやることにしたよ」

「百万ドルとは大変な金額ですね」

「幕府や各藩が買った総額が七十万ドルぐらいだから、百万ドルも出してやれば、絶対負けないよ。どうだ。見事に勝っただろう。明治政府は俺がつくったようなもんさ」

「いや、誠に立派な死の商人ですよ」

「ちょっと待った。優れた武器を持ったから必ず戦うとは限らない。その武器の威力を背後に円満に話し合って和解する場合もある。それは武器を持つ人間のレベル、資質の問題じゃないか」

ときっぱり。それにしても、一商人が百万ドルの大金をこともなげに融資するというのは、明らかにイギリス政府の応援があるからと見た。サトウは、長州の木戸孝充に対し、「イギリスでは議論ばかりして実行せぬ者は軽蔑されている」と決起を促した男だ。それにしても、イギリスは日本に対し、銃剣によるよりも考え方を変える工作で、日本全体を親英色に変えてしまった。日本は満州事変以来中国に対し、征服の銃剣ただ一本槍。イギリスのこの新しい体制づくりを考えて引き込む貴重な教訓を体験しながらすべて忘却。これは日本そのものが考える国ではないためだろうか。

◆徳川の反撃を完封する秘策を教えた

家康は自信ありげに言う。

「儂《わし》は、フランスの力を借りなくても、徳川一族を挙げて戦えば勝てると思うのじゃが」

「で、どういう戦い方をなさるので」

「大阪城と比叡山を根拠地として持久戦に持ち込み、薩長兵をここに集中釘付けにする。幕府の艦隊は、長州上陸進攻部隊を満載する輸送船団を護衛して長州に上陸するのじゃ。長州の郷士防衛力は手薄じゃろうから、藩主の降伏は案外早いだろうよ。薩摩は長州降伏後にやっつける」

「それだよ」

とパークスが得意げに口を切った。

「天皇政府側代表として有力公卿東久世通禧が来て、『薩長の武士は根こそぎ討幕軍に動員されているので国元の防備力はない。もし徳川方が外国船を雇い、幕府の軍艦に護衛された幕兵輸送船団が薩長本国に上陸、攻撃されては万事休すです。これが薩長の頭痛の種です。何とか対策はありませんか。それに、幕府がアメリカに発注している世界最強の甲鉄艦ストーンウォール号が近く到着する筈です。それでなくても幕府の艦隊は強力なのに、ストーンウォールス号が加われば薩長の軍艦などとても歯がたちません。この新鋭艦が幕府に渡らないよう何か手はありませんか』と相談したのだ。そこで私は、『交戦団体の宣言をせよ』と教えました。これをすれば国際法上各国は中立義務が課せられ、幕兵輸送目的の船は貸せない。またアメリカに発注した新鋭艦も幕府に渡せなくなる、と言ったら飛び上がらんばかりに喜んだよ」

私は、イギリスという国も相当な悪だと思い、皮肉った。

「パークスさん。徳川を交戦団体にするのは少し無茶ですよ。幕兵が大阪城に集結し、討長に燃えたぎる徳川軍を見捨てて夜逃げ同然に江戸に逃げ帰り、戦意のないことを示した慶喜じゃないですか。それを、交戦団体の知恵を教えるなんて、中立の範囲を越えて薩長方の最高顧問同然ですね」

「私は、徳川の戦闘力を弱める一方、討幕軍には攻撃させたくなかった。同じ日本人同士なのに、大政を奉還し、公務をすべて拝辞し領地も没収されたのだから、これで破壊は終り、建設に転ずべきだ。徳川方に寛大な方針をとり、新政府に協力する者は登用の途を拓くことをはっきりすれば、徳川方の人材も新政府建設に協力しただろうになあ。破壊を知って建設を知らぬようでは駄目だよ。ところが、江戸城を総攻撃すると言うてきたのだよ。東海道先鋒木梨精一郎が西郷の命で私のところに挨拶に来て、『十五日（明治元年二月）を期し江戸城を総攻撃するからよろしく』と言うので、私は思わず怒鳴りつけた。既に大政を奉還して江戸城を去り、恭順を表明しているのに総攻撃とは何事か。人道上の大罪だぞ、とね。もし総攻撃するなら、英仏軍は居留民保護のため出動するとね。木梨は吃驚仰天して立ち去ったが、西郷の奴、大変ショックを受けたと後で聞いたよ」

私はやっとパークスを理解することができた。

芝さんはこう言う。

「維新の志士達は〝ラッキー〟だった。イギリスの援助がなかったら維新は成功しなかったと思われる。〝ラッキー〟とは実力ではなかったということ。これに気づかないと、傲慢になるのさ」

明治維新政府になってから、庶民の間に徳川時代の方が良かったという声が起こった。西郷も新政府を見限り訣別した。政府は不満分子を武力統一してしまった。かくて、強力な中央政権、これが将来の日本を毒する白蟻の巣づくりになろうとは、誰も思わなかった。

三◇独善的官僚主義

パークスは続ける。

「俺が、木梨に『江戸総攻撃は人道上の大罪だ』と怒鳴りつけたとき、木梨はキョトンとしていた。西郷の命令のもとには、人道も何もあるものかという態度に見えた。ところが英仏軍を出動させると言ったとき、初めて大仰な驚き振りだった。これは、西郷の江戸総攻撃が面倒になると見たからだ。西郷の命令は絶対的で、人道的でない戦さでも西郷が言い出せば誰も反対しない。それで私は、ひょっとしたら、既に薩長の軍・行政組織には、権力を持つ上司に対しては一言も逆らえぬという好ましくない官僚気質ができているのではないか、と疑った。もしそういうものが明治政府にできれば、日本を毒することとなる。どうだね。薩長軍、いや新政府軍について、なんでこんなことしたのだろう、なんで誰も意見が言えなかったのか、と思うことはないか?」

いわゆる明治維新の志士達は、皆軽輩下層の武士の出で、上位権力者層の権威と横暴を憎み批判する立場であったのに、自分がその権力を持つや権威と横暴の虜となった。それがやがて独善的官僚制になるとすれば、これは困ったもの、とパークスは心配し、その兆しの有無を確かめようとしているのだ。

芝さんが受けて答えた。

「そういえば、会津藩攻略では凄惨な戦いになったが、戦後、会津藩士の屍体を家族領民が埋葬するのを認めず、山野に野晒《のざら》しにしよった。仏教国でそんな仕打ちをしては、会津だけでなく全国民の心も離れるのではないですか？　それのみか、会津領民一万八千名を青森の不毛の土地に追放し、肥沃な会津の土地を取り上げましたね。新たに政府をつくる者がすることでしょうか。そうと気づくものがいても、それを口に出せないと言うことは、パークスさんの言われる通り、日本の毒素（独善的官僚主義）の芽生えですね」

サトウも、

「明治初年の、長崎浦上キリシタンに対する弾圧、あれは何ですか？　信者三千四百人を全国二十藩に流刑、殆どが虐殺同然。私は日本人に人道感がないとは言いません。しかしわからないのは、個人的には立派でも、グループをつくると個人の人格を全く離れてグループの残虐な非人道的人格になる。それをつくり出すのが独善的官僚主義ではないですか？」

と不思議がった。サトウは個人としての西郷は敬愛するが、薩摩のリーダーとしての西郷は嫌いなようだ。日本では、集団のリーダーになれば、その集団の雰囲気がリーダーとしての人柄を全く別のものにすると見ている。それが日本人の集団活動における特殊性で、これと独善的官僚主義と結びつくのが恐いと考えた。

◆独善的官僚主義発生の原因

「中央政府の役人は、定められた職務の範囲内で権限が与えられ政策を決定する。この場合、部下や関係者の意見をよく聞いてとりまとめる上司と、上司が示す方針を具体化させる場合とがある。独善的官僚主義は後の場合に起き易い。日本にある諺〝長いものには捲かれろ〟〝寄らば大樹の影〟という言葉のせいからか、上司への黙従性があり、そこに独善的官僚主義になる傾向が生じるのではないか」

と芝さんは説明し、さらに付け加えた。

「役人社会では、上司が下の者の意見を無視してこうと決めたら、もう下のものはその意見に従わねばならない。もしそれが嫌なら他に転出せねばならない。そういう転出は出世コースに影響があるのです」

グルーが口を出した。

「山本さん。あなたは日米開戦についてどういう意見を出しましたか？」

「戦ってはならぬと、軍令部長および海軍大臣に申しました。しかし軍令部長も海軍大臣も開戦可なりと断言しました」

「開戦の是非について討論できないのですか？」

「上官・下官の間で討論ということはまずない。上官の意見に反論するのではなく、自分の意見の正しさを証拠だてる資料を整えて、補足説明するという立場をとる。それは役人の階級制度からそうなってくるのです。もし上官に『後でゆっくり聞く』と言われたらそれまでです」

「おかしいな。階級は階級、議論とは真実を追求する意見の交流ですね。思想の自由、表現の自由の問題じゃありませんか？」

　とグルーは突っ込んだ。

「いや、実はそうありたいのですが、人の意見を尊重して聞くという気持ちよりも、官僚の位階制度の結果、俺はお前より優秀なのだぞ、上官なのだぞ、という優越感が意識されがちとなり、下位の者が自分に反対する小賢しさが癪《しゃく》に障るのです。下位の者が『だから…すべきであります』とでも言おうものなら、『お前はいつ誰から上官の俺に命令する権限を与えられたのか！』と一喝されます。明治政府は士農工商の身分制度を廃止しました。

しかし、日本人の体質は、それでみんな平等になったと喜ぶ体質ではなかったと思います」

と言うとグルーは、

「ほう、どうして日本人はそういう体質なのですか?」

と突っ込んできた。私は、

「お国には人種差別意識が強いですね。日本には人種差別意識はありません。長州の大物・高杉晋作が『もう武士だけでは長州は守れぬ。百姓・町民にも銃を持たせよう』と有志を募ったところ、奇兵隊をはじめ多くの隊が結成されました。郷土のため命を投げ出した奇特な百姓・町民だから、長州人は当然感謝激励すべきなのに、身分的差別感から、感謝の気持ちなどなかったのです。武士と百姓・町人との混成部隊では、士分格を持つ者とその他の者を区別するため袖口に絹と晒《さらし》布の袖印をつけ区別しました。ところが、四カ国連合艦隊の下関攻撃の際、算を乱して逃げたのは士分格、怒った庶民格の男が口汚く罵りました。武士団は逃げた臆病さを棚に上げ、身分低き者の嘲笑は許せぬと大問題になり、高杉晋作も困り果て、遂にその男を自殺させています。

大村益次郎は稀代の軍略家ですが、この人も厳格な身分差別感に苦汁を喫しています。大村は、徳川方に仕えていたときは小大名相当の待遇を受けていましたが、長州の危急存亡のとき（幕府の長州征伐）、大村でないと長州は守れないと桂小五郎（木戸孝允）が大村を説得し、漸く長州に迎え入れたのに、大村の生まれた家の身分が低いため待遇は低く、しかも救国の軍略家としての尊敬よりも、出身の下賎さ故、冷たく迎えられ、徳川討伐後は無用の長物と、長州藩士により暗殺されました。このように、身分制度にこだわる長州人を裏返しすれば、身分制度を欲しがるもの、となる。これは日本人の一般的な人間性かも知れません。天皇親政となり、神（天子）の政《まつりごと》に参加し、役人としての位階勲等は天皇に近づける階段だと思えば、それは確かに栄位栄職。国の定めた新しい身分を得たような満足感を持ちます。その満足感を大切にする風潮が独善的官僚主義の温床だと私は見ています」

と言い切った。

グルーが質問した。

「民間社会ではどうなんですか？」

「官尊民卑で民間社会そのものが軽視されてきましたが、その民間社会では先輩後輩の差別、よそ者差別、職業差別、貧富差別等々、いろんな標準からまるで身分的差別のようなドロドロしたものがあります」

と芝さん。学校のいじめもそういうもの。だから、独善的官僚主義は官民を問わず発生する温床がある、と私は断言した。

◆独善的官僚主義に大ポカはなかったか

「独善的官僚主義では、役人がそれぞれ、今の仕事ぶりで良いものかどうかを反省するということはなさそうじゃ。唯我独尊でやっとるからな。反省なき仕事ぶりはやがて後悔の種となるものじゃ。もし明治政府が独善的官僚化したのなら、とんでもないことがあったと思うのじゃが、どうじゃ？　心あたりはないのかな」

と、家康は聞いた。

「そう言われればありますよ」

と、まず石原さんがこと細かく喋り出した。

「日露戦争（明治三十八年）のとき、旅順要塞の攻撃で、敵陣でカタカタカタと連続音がすると兵はバタバタ倒れた。機関銃だった。この機関銃のためにどれだけ屍の山を見たことか。ところが、維新戦争で薩・長・土の連合討伐軍が、越後の小藩長岡藩攻めでは僅か千五百名の防戦ながら、三百六十連発のガットリング砲で散々やられている。この苦い経験から、陸軍省が外国の武器に関心を持ち情報を得ていたら、旅順攻略戦ではあんなに戦死傷者（六万名）を出さなかった筈だ。また、厳冬の満州で戦うのに凍傷・飲食対策を考えていなかった」

　芝さんが厳しく指摘する。

「昭和時代の日本は、ソ連を仮想敵国としながら、ソ連軍は飛行機・戦車・装甲車・自動車等近代的に重装備されているのに、日本は歩兵中心で、兵に重装備させて歩かせ、走らせて戦う軍隊だった。ソ連の撃つ弾は日本の戦車を貫くが、日本の撃つ弾はソ連の戦車を貫けない。ノモンハンでソ連に一方的に惨敗したのに、互角の勇戦だったと宣伝、装備よりも兵の突撃精神主義、軍備は表向きの形ばかりで、異を唱える者が出てこなかった。アメリカの陸軍はソ連以上に近代装備化されている。それでもアメリカとは、日中戦争の片手間でも戦えるというそんな東条以下の対米主戦論に反論する者がいなかった」

　と辛辣だ。そして私も、

「ドイツがイギリスを攻略し欧州を制覇するという駐独大島大使の報告を上司が信用すれば、誰も反対しない。親独派の松岡外務大臣が『イギリスが降伏すればアメリカは引っ込む』と言えば、外務省内で反対意見は出せない。また、アメリカにブルドーザーがあることを誰も報告しなかった。日本では飛行場を一千人程度の工作兵がスコップで一～二カ月かけて苦労の末造るのだが、アメリカは小人数の兵がブルドーザーでみるみるうちに造ってしまう。これは作戦上極めて重大なことだが、アメリカ兵は〝酒と女の尻を追いかけ回す奴等で、血を見る戦場には耐えられずすぐ逃げ出す弱兵〟にしておく方が、上司の機嫌が良いのだ。下手に、正直に問題点を出せば、自分がそれを善処せねばならぬ。それができればよいが、できねば身の破滅となる。任期中、大過なければ出世する。下手に問題点をほじくることはない。それが独善的官僚主義なのだ。独善的官僚主義では、その独善性の故に抜けるときは上も下も一緒ですよ」

と指摘し、山本さんに、「海軍の方にも何かあるんじゃないですか?」と水を向けた。

山本さんはやや言い渋っていたが、

「日露戦争の緒戦、もう少し頭を使うべきだった」

と言った。彼の話では、明治三十七年二月八日、この夜、旅順のロシア軍は盛大なマリア祭のパーティを開いていた。陸海軍の幹部は礼装で、婦人や娘達は美しく着飾り、ダンスに美食に楽しい一夜。旅順港は天然の良港で、戦艦以下四十隻に上る大艦隊が停泊し、周りの山々は魔物のような要塞になっていた。東郷平八郎連合艦隊司令長官は、水雷艇隊による水雷攻撃を命じた。まだ宣戦布告はしていない。しかしそれは国際法の禁じる無通告奇襲である。何分ロシアは世界の一流大軍事国家、日本は弱小国家。子供と大人の喧嘩なら、国際法違反もやむを得ないと思われたのだろうか。誰も反対しなかった。

「この戦争は、莫大な軍費を外国から借りねばならないだけに、無通告開戦という国際法違反の戦さはしたくないのですが、あなた達はどうお考えでしょうか」

と元天下人達の顔を見やった。ヤブから棒の質問だけに沈黙が続く。みんな誰が何を言い出すかと心待ちしていたら、やがて秀吉が口を開いた。

「港の出口はどうなっちょるのか」

秀吉は川を堰き止めて高松城を水攻めにした男。地形に敏感なようだ。

「港の入口は狭く、細長く、浅く、軍艦の通れる水路幅は僅か九十メートルぐらいです」

「そうか。それなら古船二十隻程に岩石などを満載してその水路に沈めるのだ。だが、その水路は具体的にどういう航路になっちょるのか分かっとるのかや?」

「実は十年前の日清戦争のとき、この旅順港を占領しており、日本の軍艦も出入りしていたので、水路調査もできています」

「おかしいな。十年前のことなら、なぜ大本営や陸海軍は十年前の旅順港関係者にいろいろ聞こうとしないのか。まさに独善的官僚主義の欠点じゃわい。開戦前に艦船航路の水路を埋めてから宣戦布告する、この戦法をとれば日露戦争の推移はどうなるかな?」

鋭い質問だ。山本さんは思った。国際法違反にはならないし、大艦隊が袋の鼠となり、世界は拍手喝采するだろう。ロシア艦隊が旅順港内に閉じ込められると、日本の満州への軍事輸送船は安全になるし、旅順の要塞を攻める必要がなくなる。要塞を攻略するのは、港の背後の山を占領し山頂から港内の軍艦を撃つことで、その攻撃には厖大な量の大砲・砲弾が必要。だが、大砲・砲弾の生産量が低く、攻撃軍の要求の三分の一しか届けられなかった。その不足を補うのが死の突撃で、たとえば爾霊山《にれいさん》要塞は七昼夜に渡り突撃六十七回、死傷者一万余も出した。港口を閉鎖すればそんな攻撃をしないで済むから五カ月も旅順を攻めた旅順攻略軍の将兵（三カ師団）・弾薬がそのまま満州のロシア軍攻撃に転戦できる。旅順攻撃の戦死傷者六万名も勇戦できるので、戦争は一年そこそこ（実際は一年七カ月）で済んだだろう」

山本さんは知っていた。実は、秀吉案に気づいていた参謀がいたが、その参謀はついに発言できなかったことを。

芝さんが割って入った。

「独善的官僚主義による大ポカは軍事面だけじゃありませんよ。外交面にもありますよ」

彼の説明では、東条や松岡は大臣に就任するや「俺の方針に反対する奴は出てゆけ」と公言している。また、松岡は独断偏見の強い男で、「アメリカ国民の半分はドイツ系だから、この者たちの動きにより米独戦は絶対にあり得ない。だから日独伊三国同盟を結んでも日米戦は絶対にありえない」と確信したが、三国同盟を審議する主要閣僚会議（五相会議）に提出された資料では、独系米人は一千万人となっていた。ドイツ系アメリカ人がアメリカ国民の半分などとは、彼一流の雄弁的誇張だが、それが通って三国同盟を結んだのは、まさに独善的官僚主義の弊害だ。

私は、「そんな古い話ばかりじゃないよ」と声を大きくした。日中戦争も、太平洋戦争も、国内に反対論が多いのにやってしまったし、終戦だって最後の最後まで考えなかったのは、恐るべき官僚独善主義の弊害だと指摘した。上官には反対しない、反対できないという服従感ばかりでなく、上で決めたことは本土決戦でも最高最善だと、皆が盛り上がって賛成する雰囲気がつくられる、その雰囲気づくりが独善的官僚主義の特徴だ。

◆属僚根性

「独善的官僚主義のもと、役人は、ボスが機嫌を悪くするような話はできるだけ避ける傾向が生じ、これが国を誤らすことになった」

と私が言うと、芝さんは具体的に例をあげろと言う。

そこで私は台湾沖航空戦（昭和十九年十月中旬）の話を出した。この航空戦の大本営発表は、米空母十一、戦艦等四十五隻の撃沈破で、まさに米機動部隊の主力を潰滅したようなもの。しかもわが方の損害は僅かに飛行機三百十二機のみ。国民は狂喜し、天皇から勅語まで賜っている。この大戦果はこれまでの戦果から見て、誤報でないかと疑うのが常識なのに、それらしい指摘をした者はなく、天皇にまで上奏してしまったのだ。

実は、台湾沖航空戦になるまでに、開戦以来七千機、搭乗兵四千五百名を失い、母艦あれど航空機なく、わが機動艦隊は再起不能とまで言われたほど。熟練した飛行兵がいなくなってしまった。そこで、懸命に海軍航空隊を建て直したものの、昭和十九年六月、日本が死守する絶対国防ライン、マリアナ諸島にアメリカの快速機動艦隊が来襲、これを先制攻撃したのに一隻も撃沈できず、しかもわが方は撃沈された空母四、中破三、飛行機六百機を失う大惨敗。ひとえに航空兵の未熟が原因と思われる。台湾沖航空戦はその四カ月後。常識的に、そんな大戦果があげられるとは到底思えない筈なのだ。

「日本の一方的大勝利を全く疑わない課長・部長・軍令部長・海軍大臣。こんな芸当は功名心に裏打ちされる独善的官僚主義ならでは、の話ですな」

と芝さんが指摘した。

「実は台湾沖航空戦の終わった翌日、海軍偵察機はアメリカの機動艦隊が全艦無事に悠々と航行しているのを発見、直ちに大本営に報告されたが、関係者以外には知らされず、大本営発表はそのままでした。まさに独善的官僚主義そのもの。その結果、米機動艦隊が全滅したのならと自信満々でレイテ海戦をしかけたところ、アメリカの機動部隊は健在で、惨敗でした。組織の歯車の狂いで組織そのものが崩れたのです」

と、山本さん。

「それですよ」

私は思い出した。北京大使館事務所に出向している友人から聞いた話だが、青木大東亜省大臣から「米英連合機動艦隊は潰滅した。今後戦局は一変する。台湾沖航空戦の大戦果に対する華北民衆の反響、動向如何」という電報があり、その報告を友人が担当した。

調べてみると、中国人はアメリカの短波放送を聞いており、それによると損傷したのは僅かに二艦のみ、それも修理し戦線復帰可能とのこと。日米の報道が余りにも違いすぎるので日本の報道は信頼されていない。そこで友人は、「日本がサイパン（日本本土空襲飛行隊の基地となりうる島）を奪回しない以上、戦局の好転は望み薄しと見ている模様」という電報文を起案した。担当課長は疑問を持ちながらも友人の主張を漸《よう》く受け容れ、総務課長の決裁をもらうこととなったが、起案書全面に朱筆で×《ばつ》をつけて返され、書き直しを命ぜられた。友人は強気で、文案の表現を変えて提出、再びつき返され、三度目も内容を変えずまた突き返された。課の上席の外務書記生が、私に手伝わせて下さいと申し出た。友人は、総務課長（戦後駐英大使となる）の指示だと思い同意した。書記生が書いた電文は、「華北民衆一同、台湾沖航空戦における大戦果に驚倒し、戦局の好転を信じて疑わず。

但し一部不逞の輩はとかく言う者ありといえども、本職において宣撫すべし」と。総務課長も決裁し、本省宛打電された。

友人はその書記生に聞いた。

「あなたは本気でこう思っていますか？」

「本心はそうじゃありません」

「では私の電文案は間違ってますか？」

「間違ってはいません。しかし本省に報告する公文にはできません。本省に報告するとなると、私の書いた電文になります」と。

私はこの話を聞いて、上司は独善主義、下僚は俗吏属僚根性では、この国は落ちるところまで落ちると思った。

秀吉は苦い想い出に耽っていた。彼は対馬の宗義調に、朝鮮王朝が入貢するよう交渉せよと命じた。宗はとても無理な話とは思いながらも、秀吉に媚び、喜びそうな報告ばかりするので、秀吉は朝鮮王朝も我が国に臣従するものと誤解。かねてからの希望で大明国との修好使節および護衛軍の朝鮮通過の承認を求めて、それを断られ激怒、ついに朝鮮征伐となったことを想い出していた。芝さんがそれと察し、

「朝鮮は、大明国皇帝から朝鮮王国と認められた大明国の属国・同盟の国。それが皇帝と

同格の天皇を自称をするこの国に入貢する筈はありません。あなたは入貢と普通の貿易との区別もはっきりしないまま、宗に命じられたのでは？　もし宗が、入貢でなく通常の通商貿易では如何と正直に言っても朝鮮征伐をしましたか？」

「いや、正直に実状を説明してくれれば朝鮮が臣従するとは思わなかった。俺の命令違反とも思わないから朝鮮征伐にはならなかったじゃろう」

と述懐した。

昭和二十年八月九日、終戦を決断する御前会議で、阿南《あなみ》陸軍大臣は「英米よりも広大な占領地域を持つ日本が英米に降伏するのはおかしい」と発言したが、これは阿南が、北京の王克敏《ワンクオミン》政権、南京の王兆銘《ワンジャオミン》政権があるのは、中国の南北を日本が占領しているからと思っているからなのだ。だが占領の実感が持てるのは日本軍が駐屯する都市だけで、この両政権は「城内政権」と言われ、城外は事実上、蔣介石政権に支配されていた。そういう実状は東京には報告されていない。「占領地行政は万全で、中国人は皆日本に顔を向けている」というような報告で中央は喜ぶし、現地役人どもの手柄にもなる。だから阿南は判断を誤ったのだ。

「このような属僚根性、独善的官僚主義をそのままにしてもよいのでしょうか？」

私の問いかけに家康は、

「大目付制度を活用することじゃな」

と答えた。これは徳川時代における、中央政権の外にある一種の大名監察制度だ。私は思った。なるほど、これは立法・司法・行政で動く集団の雰囲気の外に立つ監察権を持てということか。派閥で牛耳られる軍行政の圏外に立つ制御機能が必要だということか。日本は民主国家になったけれど、衆参両院に絶対多数政党が出たり、頭数をそろえる人間関係から盛り上がる雰囲気で長期政権化すると、昭和時代の二の舞にもなりかねない。二十世紀のバブル崩壊も、もし国が監察権を持つ四権分立国家だったら金融機関に放漫な貸し出しを認めて景気を刺激する大蔵省を抑制できた筈。二十一世紀の日本は四権分立国家にせねばならん、と芝さんと意見が一致した。

四◇陸海軍の源平的派閥闘争

「山本さんは、『海軍はアメリカと戦いながら、陸軍とも戦わねばならん。これは日日戦争じゃな』と言われたそうですが、どういうことですか?」

「それはな、兵器生産資材の分捕り合戦のことだよ。船の分捕り合戦もあったね。その激しさが日日戦争と言う言葉になった訳さ」

「あの国難に、どうして陸海軍は一致協力できなかったのですか？」

「陸軍としては、対ソ戦まで覚悟せねばならず、それに日中戦争もあるので、兵器生産資材の割り当てでは譲歩してくれないのです」

実は、昭和天皇も、どうして陸海軍は協調できないかと嘆いておられたのことだ。

◆日日戦争の裏面事情

石原さんは苦笑いした。

「実はね。日中戦争前（昭和十一年）の兵員数は二十九万人、陸戦用兵器の生産はそれに見合う程度で、小銃が年間二万五千挺、機関銃二千四百挺、火砲が五百九十門だった。翌年日中戦争となって、動員また動員で九十五万人に達し、昭和十三年には百十三万人になった。これでは新兵に渡す武器弾薬にもこと欠く。しかも戦地では弾を撃っている。その弾も補給せねばならない。そこで、機関銃・小銃・戦車・航空機の生産を制限し、もっぱら弾の生産に集中したので、軍の近代的装備はもとより、戦闘力そのものがガタ落ちだ。

岡村寧次中支派遣軍司令官（陸軍中将）は『武器弾薬不足のため、中国軍の破砕は至難中の至難なり』と報告している（昭和十四年十一月十四日）。陸軍は武器弾薬不足の内情をひた隠し、さらに対ソ戦もやると言うのだから、兵器生産資材を取りたいのです」

これを聞いて、信長も秀吉も家康も呆れ果ててしまった。しかも、ソ連とも米英とも戦さを辞せずなどと。実状を知らないとは中央の愚かさと言うほかはない。いや、ひょっとしたら軍備不足を補うため毒ガス弾、細菌作戦を研究（石井中将・七三一部隊）することになったのかも。

芝さんは、

「杉山（陸軍大臣）の奴。青年将校連に焚きつけられ、軽率に中国本土進攻を決めよって、責任を感じないのかね」

と陸軍大臣の軽率を指摘した。が、石原さんは、

「杉山は陸軍の結束の上に行動しているので、陸軍に反省がない限り杉山に反省などありませんよ。それのみか、蔣介石を降伏させればアメリカも手を引き、陸軍の面目も立つ。もし海軍が大勝し、アメリカが手を引けば、陸軍の面目丸潰れだ。天皇の不拡大方針に反しておっ始めた日中本格戦争の尻拭いを海軍にしてもらうことになるからだ」

と言う。つまり、陸海軍に派閥対抗意識があると言うのだ。さらに彼はこう断言した。

日中戦争の行方が日米戦争となる可能性がある以上、海軍もアメリカの海軍大拡張に対

抗し、海軍の拡張をせねばならない。しかし陸軍は対ソ戦準備があるので、海軍に資材割当を譲る気はないのだ。日中戦争を止めて対ソ戦準備に専念する決断もしない。精神分裂の国防方針。これが陸海軍不協和の原因なのだ。かねて反陸軍の色彩強い米内海軍大将は、陸軍から〝奴は海軍あって国家なき男〟と評され、阿南陸軍大臣は「米内を斬れ」と言ったという。恐らく海軍でも、陸軍に対しては同様の感情があったことだろう。

◆太平洋関ヶ原戦にも陸軍の不協和音

世界一を誇る大軍事国家であり一大工業国であるアメリカと戦うのだから、挙国一体となるべき筈なのに、陸軍は陸軍、海軍は海軍としっくりいかず、陸軍はくたびれ儲けに終る大作戦を中国大陸で次々にしているのに、南太平洋戦での海軍への小出し協力（太平洋基地部隊派遣の出し惜しみ）はかえって戦局悪化の原因となったという批判も生じた。「山本さん。日米戦で『あの時もう一押しの陸軍の協力を期待したのに』と悔やまれることがありましたか？」

「ありました。それは特にフィリピン戦です。アメリカはフィリピン奪回のため輸送船四百三十隻に武器弾薬および兵隊（三十万）を満載し、軍艦三百隻に守られて来攻してきたのです（昭和十九年十月）。この迎撃戦で相当な戦果が上がれば、天皇も休戦講和の道を開きたいと期待をかけられた。この作戦の狙いは四百三十隻の輸送船団の潰滅です。もう日米の艦隊決戦ではなくなった。このときのわが海軍の対米海軍力比は三十パーセント、空母勢力は十分の一。そこで、従来の航空戦、海戦偏向の戦い方を改め、輸送船団攻撃に変えました。もし輸送船団を潰滅できねば、もう無条件降伏のほかはないというギリギリの関ヶ原でした。この重要な戦さというのに陸軍の支援機は僅かに二百機でした。たったこれだけでは、フィリピン戦は初めから負け戦さです」

「当時陸軍の保有機はどのくらいありましたか？」

「千七百機はあったと思います」

と石原さんが答えた。山本さんは詰問する。

「フィリピン奪回に大軍で来攻することは、初めから読まれていたもの。陸軍機に魚雷を装着し、船を雷撃する攻撃訓練をすべきなのにしなかった。どうして陸軍はフィリピン戦の前にインパール作戦（昭和十九年三月、一五一頁参照）など訳のわからぬ作戦をするのですか？　飛行機百余機を失ったじゃありませんか」

山本さんはさらに続ける。

「陸軍の分からぬ作戦はまだあります。陸軍（大本営）は昭和十八年十二月、中部太平洋で日米海軍が死闘している最中に、南方資源を広東から華北に輸送する、大陸南北を結ぶ交通路確保の大作戦計画をたてましたね。この作戦は昭和十九年四月から発動されたが、日本の主戦場は中部太平洋だったのに、新たに中国に主戦場を求めたもの。動員兵力五十一万、戦車七百九十四輌、火砲千五百五十門、日中戦争始まって以来の大作戦です。作戦距離は二千五百キロメートル、この広い地域に盤踞《はんきょ》する蔣介石旗下の猛将と交戦せねばならぬ。B29基地を造らせない狙いや蔣介石を重圧する狙いもあったかも知れないが、沖縄が惨敗するまでに太平洋戦争が追い込まれているとき、何を好んでこんな大戦争をする必要があるのか。しかも飛行機百五機も失い、得るものは何もなかった。日本の占領はいつも点（都市）と線（鉄道）で、その地方（面）は占領できていない。こんなことなら、なぜサイパン、テニアン、グアム島など絶対に防衛せねばならぬ拠点に、爆弾や艦砲攻撃に耐えられる要塞をつくらなかったのか。せめて一週間抗戦してくれたら、わが機動艦隊が基地から救援に駆けつけ、アメリカの艦隊と決戦できる。ところが、一週間以内に占領され、飛行場は敵の手に落ち、この飛行場から雷撃されては軍艦は弱いのだ」

と残念がった。太平洋戦争は航空戦とはっきりわかっているのに、陸軍は頑として海軍航空兵力の増強にはソッポを向いた。

「家康さん、あなたならフィリピン戦に何機出しますか？」

「儂《わし》か、儂《わし》なら千七百機全機を出す。海軍とともに、もっぱらアメリカの輸送船を撃沈、アメリカの陸軍兵を船もろとも海中に葬り、戦後休戦を申し入れる」

と説明した。

◆陸海軍に反省的自律性なし

陸海軍の対立は、国のための協力を陸海軍の派閥都合で加減した。それほど対立が激しいのは陸海軍それぞれに結束が固いからだが、その結束の固さの反面、陸海軍内部では、内部の失策はお互いに被い合い、反省的な自律機能がなくなってしまった。おかしな戦果発表もそのせいと見た。杉山陸軍大臣は華北出兵にあたり、結果的には天皇をお騙し申し上げることになってもその責任は問われず、また、対ソ戦を重視するなら、対中戦を見直すべきなのに、二正面作戦になるもあえて辞さず、果ては対米戦も辞さずという野放図さ、それを陸軍内部で見直そうとする声もない。みんなそれぞれの担当部課の〝顔〟を立てて不干渉主義になるからだ。

張作霖爆殺事件（一九二八―昭和三年）以来、日本は下克上の国と言われるほど軍規が乱れているのに、誰も処分されていない。

フィリピン戦が始まると、空軍の高級幹部が戦闘機に護衛されて台湾に逃げてしまったが、責任を追求されていない。真珠湾奇襲で南雲司令官（草鹿参議長）は、なぜ第三・第四次攻撃をしなかったか、その拙戦を不問にした。ミッドウェー海戦惨敗の責任追及もしなかった。その後も劣性のハルゼー艦隊の果敢な攻撃に逃げ回る醜態、それでも現職にある。古賀連合艦隊司令長官の乗機が落ち、古賀長官は死亡したが、随行の高級参謀は米軍に捕えられ、持っていた作戦機密書類を全部取られてしまった。この男、後に日本軍に救出されたが、一時予備役に編入されたものの、間もなく現役に復帰し、栄職に就いている。仲間を大事にすることは日本人の美しい国民性だなどとほざいていていいものだろうか（一般兵には『捕虜になるよりも死ね』と言っている）。昭和十七年、岡田菊三郎大佐を中心に南方基地視察団が派遣されたが、各基地の軍幹部の多くが、イギリス人やオランダ人の豪壮な家を接収して官舎とし、慰安婦を住まわせ、酒色三昧の生活。これでは戦えないと報告した。派閥にはこんなぬるま湯があるから、日本の真珠湾と言われたトラック軍港が、司令官が釣りを楽しみ部下幹部が慰安所で飲酒、女と戯れているときに襲撃され、目も当てられぬ程に大惨敗したのだ。日本の高級将校の、国を忘れた仲間を庇い合う仲間意識が、日本を崩壊させた最大のガンだと思われる。

ところが、アメリカ軍はサイパン攻略のとき、日本軍の猛烈な抵抗のため予定通り進攻できなかった第二十七歩兵師団長ラルフ・スミス少将に責任をとらせ、かねて猛将と英雄視されているのに敵前更迭している。

五◇明治維新の「天皇親政」とは何か

サトウがおかしなことを言い出した。

「維新前、志士達は『天皇親政に戻す』とよく言っていた。親政とはどういう政治理論でどういう政治をするのか。日本の過去の天皇親政でもっとも有名なのは誰ですか？」

「それは神武天皇です」

「なぜ神武天皇なのか」

「諸蛮族を征服し、日本王国を成立させ、それが明治時代とイメージが重なったからです」

「ということは、アジア諸民族を従えて日本中心のアジアとする、明治政府の膨張主義と重なったということですね」

サトウは、イギリスが大きく関わった明治政府がどんなものになったかに興味を持っているようだ。

◆なぜ神武天皇時代をイメージするのか

「私は中国にもいましたが、中国では膨張主義を覇道として軽蔑しています。そして、政治は国民の幸福を求めることを第一とし、これを王道政治としていました。日本にはそういう理想的政治理念はないのですか？」

「日本には皇道政治という理念があります。王道政治と同類の政治の理想型です。違うのは、皇道政治は〝万世一系の天皇が行う政治〟の意味です。天皇は神の子孫だから、神として日本を統治する。それが天皇親政です」

サトウは、天皇親政とは幕府から政権を奪取する合言葉だと思っていたのに、皇道政治の理念があると聞くとさらにわからなくなった。

「では、皇道政治とはどんな政治理念ですか？」

「天皇の人柄・徳をもって民の心を天皇の心とし、ひたすら民の幸福を求める理想的政治です。そのモデルとしては、第十六代（四一三年）仁徳天皇があげられます。民の炊飯の煙の上がり方から人々の生活の貧しさを察し、人民の暮らしを楽にする政治をしたというもので、要求されたり飢饉になってから施策するのではなく、不幸を先取り、先手施策するという政治理念です。皇道政治は、天皇が日本開闢《かいびゃく》の神話により、天照大神《あまてらすおおみかみ》の〝日の御子〟すじで、神格を持つことが前提です。その神格性の故に権力欲・物欲・色欲等俗人的欲望を超絶し、ただ国民のための統治者としての完全性を持たねばなりません。また天皇家が〝日の御子〟すじということは、一般国民の中で強い者が天下を取るというものではなく、神が定めた統治家系ということです。全国を武力統一して将軍となり、幕府（政府）を開いても、天皇の地位を奪いませんでした」

「では、地位は奪わないが、政治を奪ったということですか？」

「いえ、天皇が政治を委任したということです」

◆明治憲法に落とし穴があった

サトウは別の角度から難しい問題提起をした。

「憲法（旧帝国憲法）は伊藤博文が英国憲法を手本につくったものですね。それなら昭和軍人のやり方は憲法に反する筈なのに、そんな声はないようですね。日本には皇道政治理念があるそうで、それで憲法違反にならなかったのでしょうか。もしそうだと、日本の憲法は、英国憲法と皇道政治理念をどう結び合わせてつくったのですか？」

聞かれて若干参った。

「皇道政治理念は憲法前文（告文）に出ています。難しい文面ながら、要は日本の国造り神話が皇道政治の基盤であり、神話のなかの君臣関係が続くものとし、国民の慶福はひたすら神の御心（天皇の祖先は神である）にしたがって行われる趣旨を述べています。先ほどご指摘の、昭和軍人のあのやり方が憲法違反にならないのは、条文に使われる漢語の選び方に慎重さを欠いたためにそうなったものと思います」

と私は答えた。当然サトウは追求してきた。

「具体的に説明してください」

「まず憲法第一条は『天皇は日本を統治す』とあります。統治とは国土・人民を支配すること（漢和大辞典より）で、支配とは、相手の意思や行動を規制して処理し、取り締まること（漢和大辞典より）です。それは力による治者・被治者関係です。しかし、皇道政治理念での天皇と人民の関係は、神話にもとづく家族関係で、力による支配関係ではありません。したがって〝統治する〟でなく〝しろしめす（漢字を使うなら治める）〟とすべきところでしたが、『統治』の漢語が使われたので専制国家的に表現されました。本来、憲法は前文と本文と関連して解釈されるものですが、実際に憲法は本文のみ読まれる傾向が強いのです。また、憲法第三条に、『天皇は三権を総攬す』とありますね。この総攬とは、人の心を服従させてまとめるという意味（漢和大辞典より）で、したがって第一・第三条で天皇親政は全く天皇専政の形で表現されました。皇道の政治理念は、民の心をもって神（天皇の祖先）の心とし、その心を受けて天皇が政治をする家族愛的君臣関係で、治者・被治者関係ではないのですが、事実上そういうふうには読まれなくなりました。〝和魂、漢才に毒された〟と申しますか、昭和軍人の所業が憲法違反に問われなかったのは、本文だけを見ればそうなるからです」

「では、天皇が民の心を忘れ、皇道政治理念が骨抜きになった天皇専政の政治責任はどう考えられているのですか？」

とサトウの追求は続いた。

「天皇は神位にあることでもあり、憲法第三条で政治責任は負わないことになっています」

「では天皇専政のなかで、助言し実践した№２の責任はどうなりますか？」

「№２は誰だかよくわかりません。憲法には『国務各大臣は、天皇を輔弼しその責に任ず』とあり、特に総理大臣を別格にしてはいません。この責任とは天皇に対する責任で、辞職すれば責任をとったことになります。統帥の№２は参謀総長と軍令部長ですが、天皇の御信任がある以上輔弼《ほひつ》します。責任をとる建前になっていません。天皇が統帥されるからだと思います。御信任を失えば辞職します。憲法制定当時の考えでは、神の国で、神意にもとづく天皇の政治に、国民や議会から責任を追求されるような間違いはありえないということです。

憲法論としては、議会が責任追求するという建前であるべきですが、天皇が立法権を総攬するという憲法ではその建前はない。つまり、総攬とは天皇に協賛する（旧憲法第五条）ということですから」

「そうすると天皇親政と言うのは無責任政治ということですね。天皇政治に悪政はないという建前のもとに無責任な政治体制をつくったのは、謀略的配慮にもとづくものと思いますよ」

と、サトウは意外なことを言い出した。

「ほう。憲法に織込む謀略とはどういうことですか？」

「私は、薩長の本音は、薩長連合幕府をつくることだったと思います。しかし幕府をつくるとやがてその政治責任が問われる時機が来ます。そこで天皇親政の明治政府のなかに薩長閥をつくって実権を握り、責任を負わない政治体制をつくりました。それは天皇政治に過誤はないという前提を確立することでした」

サトウは維新前の薩長の謀略ぶりをよく知っていたので、そういう推定をしたのだろう。私はサトウの突っ込みを承知で、あえて断言した。

「総理は閣僚の上になく、同列になっている。憲法上No.2を明確にしないのは、薩長のどちらがNo.2になっても、薩長の勢力のバランスを崩すおそれがあったので、つくらないで万事仲良しグループでいこう、という権力構造にしたのですね。だからたとえば、近衛文麿は対米開戦絶対反対の立場を持ちながら、総理として、軍部を抑えて総理権限で日米和平交渉を妥結させられず、結局内閣を投げ出し総辞職しました。弱い総理権限、これも昭和日本崩壊の一因と思っています」

◆「日本人」が壊された

サトウは言う。

「私が日本に来た当時、〝職人気質〟や〝のれんを守る意識〟剣術でなく剣道という〝道の意識〟、スリ・泥棒にも〝禁じ手〟があるとか、どんな生活のなかにもそれぞれ立派な自律意識、倫理感、自分を主張する存在意識があるのに驚きましたが、日本人のこのような立派さは、徳川時代に平和が続き、文化も高まり、儒学も普及し、一般的に教養が高まった結果だと思います。ところが西郷らは、徳川一族一掃という内乱を強行したので、国の治安は乱れ、人心荒廃し、人々は生きるためには手段を選ばず利己主義に堕し、文化基盤は崩壊しました。このため心の荒廃を回復するのに維新政府はどういう対策をとりましたか？」

案の定、サトウの痛烈な質問だ。

「急速な文明開化、欧米思想の導入に努めましたが、古いものはダメ、新しがりやの風潮が生じ、権利ばかり主張する人をつくり、おまけに日本は劣っていると卑下、すっかり欧米を崇拝する結果となったのです。政府の大臣クラスの者でさえ『国語を英語にすれば日本の欧米化がもっと進む』と言った程、我を忘れた欧米化で、日本人そのものが失われました」

と芝。私はフト、朝鮮を併合し、朝鮮語を禁じて日本語を強制したのも、維新の元勲と呼ばれる連中なら、やりそうなことだと思った。

「中国も日本と同じ時期に文明の遅れに気づいたが、日本のように欧米かぶれはしなかった。中国らしさ、中国人らしさを大切にしている。日本にはそれがない。それは国民性の相違と片付けてよいものだろうか？　日本人らしさを失うことは世界から軽蔑されることとまでは気づかなかったようだ」

と石原。

「私は、明治政府が、失われた国民の心の修復や新政府に対する不満を急速な文明開化で誤魔化したのだと思います。問題は、日本人の新たな心の建て直しをしようと、国家神道を創設し、神道以外の宗教を禁じ、全国民を神の子にしようとしたことです」

「それはどういうことかね」

みんな私の独断に意外そうな質問だった。

「国を統治するということは、国民を支配するということですね。その支配とは、政府の武力支配のほか、さらに宗教的に支配する手があります。天皇を神とする国家神道という宗教を新たにつくり、天皇を教祖とする。全国民はその信徒として信仰し、他の宗教は許されず、反抗すれば命も危ない。仏の首も打ち落とされかねない世の中にしました。こうなっては、国民は表向き国家神道を信ずるふりをして、一切宗教心を持たない方が安全ということになる。一般に、信仰的自律心は宗教活動で高まるが、神道以外の宗教活動が禁止されては、神教以外の人の信仰的自律心は消えるばかり。やがて無宗教人間になってしまいます」

と私は説明した。

「ということは良心なき人間になるということですか?」

と、サトウは「宗教心なき人間は、心に自律性がないからただの動物です」と厳しい。

それに、歴史的にも長い間日本人の良心となっていた儒学的自戒心も欧米文化に吹き飛ばされてしまった。後になって、政府はその愚かさに気づいて宗教の弾圧を緩和したが、国家神道の教義と目される教育勅語による学校教育は徹底的に行なわれた。

昭和時代、「日本人はエコノミックアニマルだ」との言葉が定着し、〝金で買えないものがある〟という毅然とした姿はかすむばかりだった。

「鳥獣にも本能的に共同生活するけじめがある。人間社会は本能でなく自律的戒律、つまり良心に梶取られるのだが、その良心がなくなればわがまま気まま、鳥獣にも劣ろう。やがて利己心以外、心になんのけじめも持たなくなれば、日本人社会も家族も壊れよう。日本人の立派な〝心〟が、愚かな明治政府にショック死させられたのですよ」

と私は言ったが、所謂《いわゆる》「和魂漢才」の和魂が日本人らしさとするなら、この和魂、日本民族が有史前幾千万年の人間溶鉱炉で多数の雑居民族が大同混血化したとき、その萌芽があったのだろうか。あったのならば、漢才であれ洋才であれ、和魂は育つ筈。なかったのならば、ただの混血民族。それぞれが元種の性向を失わないとすれば、やはり、エコノミックアニマルということか？　もし仮に和魂があっても人の目の前だけで、人目がなければ良心も何もなくなるとすれば、これは困ったことだ。もし和魂が文化的所産なら、枯れ残ったその根に新時代の肥料を掛け、育てたい。それは平成日本人のやる気如何の問題になる。

六◇天皇の軍隊

サトウが面白いことを言い出した。

「日露戦争のとき、日本軍は旅順の要塞を、死を恐れないで何回も肉弾攻撃しましたね。諸外国はただ呆れるばかり。どうして死の突撃ができるのですか?」

「それは厳しい軍紀と教育の結果です」

と石原さんが答えた。芝さんは、

「政府の力ではどうにもならなくなったから戦争になった。国民の力が求められた以上、国民はやらねばならぬという意気込みだったのです」

と答えたが、サトウはますます怪訝な表情を深めるばかり。そこでさらに説明した。

「実は幕末、諸外国船が来航して通商を求めてきたとき、朝廷と幕府とは意見が合わず、攘夷だの何だのと騒ぎまわるばかりでした。業を煮やした吉田松陰、梅田雲浜ら当時世に聞こえた学者が、『もう幕府も藩主も無能で役に立たぬ。今こそ草野の庶民よ、決起せよ』と激を飛ばしたのです。明治維新の立役者達は吉田松陰の門下生ですから、この庶民決起精神を受け継ぎ、教育勅語に、国の危急存亡のとき〝義勇公に奉ぜよ〟と織り込んだ。教育勅語は天皇のお言葉とされ、国家神道の教義と同視されたもの。学校の祭典の際は、両陛下の御真影に最敬礼しつつ教育勅語の奉読を拝聴したものです。このように、天皇への信仰を深めさせる天皇絶対観の精神教育が日常的に行われ、その天皇の兵士となったので、身命が捧げられるのです」

サトウはまだ納得しなかった。決起した庶民が自ら独自に行動するのではなく、権力者に忠義の虚飾のもと、使い捨て道具にされたのではないか。彼は、旅順要塞への突撃命令に臆し突撃しない兵は銃殺されたのではないかと思っていた。銃殺されては親兄弟郷土の恥、日本人には恥ほど怖いものはないのだ。

◆涙の折檻、愛の鞭

私は石原さんに絡んでみたくなった。

「日本軍の強さは厳しい軍紀と教育の結果だと言われましたが、その根拠になっている軍人勅諭におかしいと思われた点はありませんか？」

「何だ貴様。軍人勅諭にケチをつけようと言うのか？」

「軍人勅諭のなかに『上官の命を承ること、直ちに朕が命を承る義と心得よ』とありますね。どうして神位にある天皇と上官との命令に、同じ〝承る〟の用語が使われているのですか。おかしいとは思いませんか？」

「……」

「兵にとっては、兵隊に毛の生えた程度の上等兵も上官です。上等兵の命令も天皇の命令も同じ〝承る〟でよろしいのですか？」

「貴様何が言いたいのか」

「私は最下位の上等兵の命令でも、天皇の命令として受けるのは戦場だけと思うが、軍人勅諭は上官の命令を時期・場所・目的・公私には関係なく無条件に天皇の命令としましたね。これは起案者の起草ミスだと思います。だから二・二六事件（昭和十一年二月）では、尉官（大・中・少尉）クラスの将校に、『首相官邸等を襲撃し、天皇の大事な役職者を問答無用で射殺せよ』と命ぜられ、それを〝天皇の命令〟として承り、無抵抗の老人を殺傷したのですよ」

と反駁《はんばく》した。

「事実、兵は命令の是非を考える一瞬のためらいもなく、受命即実行している。このようになるには、兵は洗脳されねばならない。このマインドコントロールは鉄拳の嵐で生まれる。上官の命令ならば公私に関係なく様々に命令されても、その受け方、実行等々あらゆる面でインネンをつけられてビンタを喰らう。丸い顔が四角になるまでやられ、いやしくも上官の命令である以上、命懸けで実践する者に変えられる。それは軍紀とは言えない。リンチですよ。一体、そこまでする必要がどこにあるのですか？　私は軍人勅諭のミスが修正されずに〝勅諭〟になってしまったからそういう結果になったと思います。それにしても、陸海軍上層部はそういう結果になったことを知っていながら、不問にしているのはなぜですか？」

「不問と言うより、涙の折檻・愛の鞭として黙認している」

サトウが大仰なゼスチャーで驚いて言う。

「孝明天皇は攘夷派の動きに疑問を持ち始め、攘夷派の言いなりにならなくなって毒殺されましたね。世間はもっぱら毒殺と噂し、下手人の名まで取り沙汰されたからには真偽を調べるべきなのに、不問に付し、何もなかったことにして押し切りましたね。当時私は、その神経の図太さに呆れていましたが、今の兵士虐待については、それを認めて開き直っている。美辞麗句で誤魔化している。日本人は怖い一面を持っていますね」

と辛辣だ。

「勅諭になった以上は天皇のお言葉だから、軍人勅諭のミスとして訂正するのは不可能と考えたんじゃありませんか？　私は、勅諭のお言葉を訂正するのでなく、お言葉が簡明なので、そのご聖旨を具体的に細かく拝察すればこうなるという解説を出すという方法があったと思うのですが」

と、私は軍上層部の対応の拙さを指摘し、さらに次のように言い切った。

「アメリカ軍の捕虜になった日本兵が、進んで日本の機密を告げ口したという話を聞きますが、日本軍に対する復讐だったかも知れない。占領地域内の日本軍の非人道的暴虐行為も上官に対する不満の捌け口だったのかも知れない」

山本さんは黙ったままだ。海軍の方が「海軍では丸太ん棒で殴る」と言われる程「涙の折檻・愛の鞭」の酷いことを知っているからだ。軍律上絶対服従の兵に対し、涙の折檻・愛の鞭が公然と行われたということは、当時の日本人という国民性に重大な欠陥をもたらしたということだ。それは、日本人の人間社会から「愛」が失われてしまったということ。〝愛〟なき日本の対満・対占領地対策は搾取・暴虐、国民に対しては生活の極限的耐乏を求め、一億玉砕に駆り立てた。一度失われた〝人間愛〟は、戦争が終わっても戻らないのではないかと、私は悲しくなった。

秀吉がポツリと独り言を言った。

「昭和時代には武士道はないのじゃな。軍人は武士ではないのじゃろう?」

◆国民皆兵制度が日本を亡ぼした

「信長さん。あなた達の時代は、戦さに参加するのは、武士をはじめ戦さを承知で集まった者達ですね。つまり今日の言葉で言えば志願兵制度です。昭和時代は、一定年齢以上の男子は兵役に就く義務が課せられ、召集令状によって兵士となり出征する国民皆兵制度です。志願兵制度のもとで戦われたあなた達から見て、この国民皆兵制度をどう思いますか？」

「それは、欲しいだけ兵隊が集められるということじゃな。だがな。国民には飯を食わさにゃあならん。生活物資を家庭に届けねばならん。物の生産・販売・輸送には男手がいる。志願兵制度の場合は、『その道で奉公する』と思えば志願しない。徴兵制度で気ままに徴兵すれば、生産・販売・輸送関係に人手不足が生じ困ることになる。徴兵限度が問題じゃ。その点どうしていたのじゃ？」

「欲しがりません、要りませんと、耐乏させました。徴兵限度など考えていません」

「戦争期間が短いならそれで良い。だが戦さが長くなると国民が倒れる」

信長は、徴兵限度なき国民皆兵制度には反対ということだった。

秀吉に聞いた。

「戦さは、どこで、どの範囲で戦い、どの辺で終戦にするのか、などの計画を立てるもんじゃ。志願兵制度なら兵力の限界がわかるので戦争計画が野放図にならない常識性がある。だが、兵隊を思いのまま集められるとなると戦争規模は大きくなる。大きくなった戦争は、一つ間違えば国を存亡の危機に追い込み、終戦の時機が見えなくなる」

「国民皆兵制度では兵隊はいくらでも補充できるから、兵の戦死など気にかけず作戦が大胆かつ杜撰《ずさん》になりがちだ。兵の命を大切に戦うという気持ちがなくなるからだ。先ほどの旅順要塞の死の突撃も、兵をいくらでも補充できるからそんな安易な攻撃をする。それでは負け戦さを早めるばかりだ」

と家康も言った。三人とも国民皆兵制度には反対のようだ。

日中戦争、太平洋戦争を見ていると、元天下人達の心配がいちいち当てはまる。だが石原さんはこう言う。

「統帥部に徴兵限度が示せるなら、国民皆兵制度でも良いのではないか」

「だがそうなると、統帥部との徴兵限度の話し合いが面倒ですね。交渉のキーは何ですか?」

と突っ込んでみた。

「徴兵規模が大きいと、工業技術者や熟練工も召集され、兵器の生産能力および精度が落ちることを具体的に説明する。たとえば、昭和十九年七月に陸軍が保有する飛行機は三千五百八十六機だが、この年までの動員兵力は約四百万に上ったため熟練工が少なく、実際に使えるのは千六百六十九機、それも一飛びすれば補修整備の必要なものばかり。精度の悪い部品を使われては、折角の飛行機も飛べないのだ。いや、飛行機ばかりではない。部品を組み立ててつくる武器は戦車であれ、機関銃であれ、同じこと。兵器生産力の低下が限度です」

「兵力とは兵と武器です。国民皆兵制度は、まず兵を安易に集めようとする」

と、芝さんも言った。事実、本土防衛のため関東平野に展開した第十二方面軍で、銃剣を持つ兵は三十パーセント、小銃を持つ兵は四十パーセント、小銃弾を与えられた兵は五パーセントに過ぎなかった。国民皆兵制度は、兵さえ集めれば国防ぬかりなしの錯誤に陥るらしい。ソ連参戦直前、関東軍は満州で根こそぎ動員したが支給する兵器がなく、ただ関東軍は逃げるばかりだった。もし根こそぎ動員しなかったら、あんなに多くの残留日本人孤児は出なかっただろう。

私はフト考えた。

「石原さん。もし日本が志願兵制度であっても満州事変を起こしましたか？」

石原さんは突然の奇問にやや面喰ったようだが、落ち着いて言う。

「当時の陸軍の兵数は二十四万三千人、満州の中国軍は約二十万、軍の装備は日本の方が良かったし、満州事変のため新たに募兵する訳でもないから、やれたと思う。但し、中国との本格戦争は絶対に避ける。そのためには排日政策を憎んでも中国を憎まず。日中親善政策づくりに進んだと思います。日中本格戦争をするには大軍を動員せねばなりませんが、志願兵が納得して応募してくれるような戦争目的がありません」

「では日米戦争はどうですか?」

「それは、世界の大海軍国・米英が相手だから、手持ちの海軍の戦力だけでは戦えない。当然志願兵の大募集をせねばならないが、日本の経済軍事活動のエネルギーは殆ど英米から輸入しており、輸入総額二十一億円のうち、米英からの輸入が十九億円。もし戦争となれば貿易も関連工業もだめになり生活にも困窮する。しかも勝算不十分、その戦争目的が、中国からの撤兵拒否、日独伊三国同盟を貫くためとあっては、直接国民の生活云々の問題ではないだけに志願兵応募者はまず皆無でしょうね」

と芝さんは言った。すると国民皆兵制度だったから日本は亡んだということになる。もし志願兵制度なら戦う国民の総意は議会の議決ではない。募兵応募がなければ戦争はできないのだ。国民の戦う総意は志願兵の応募有無で明確になる、と思った。

第五部

戦争責任

——都市の丸焼き焦土化は〃神〃をも殺した犯罪——

原爆の人道責任

戦勝国が戦敗国の元首以下の戦争責任を追求した前例はない。

しかしマッカーサーは、アメリカ国民の根深い日本への怨み（真珠湾奇襲攻撃）に迎合するためか、極東軍事裁判所を設け、裁判することにした。その罪は、①平和に対する罪、②戦争法規ならびに慣例に反する罪、③人道に反する罪、だが、こういう裁判をしてよいとする国際法規はない。

日本はポツダム宣言を受諾して降伏したが、宣言十条には、捕虜虐殺等の戦争犯罪を処罰する条項のみなのに、それ以上に戦争責任を追求する極東裁判は明らかに降伏条件違反なのだ。それを一言も文句が言えず、負けたからにはそれ以上何をされてもやむをえないとする政府の負け犬根性が情けない。

一◇天皇の戦争責任

「蒋介石さん。あなたも天皇の戦争責任追求者の一人ですが、天皇は満州事変から太平洋戦争まで終始戦争に反対されていました。戦争の意思ない天皇が、どうして戦争犯罪人になるのですか？」

「日本が中国に宣戦布告をせず、十五年に渡り中国と戦って侵略したじゃありませんか。もちろん、戦争になるまでに紛争を解決する外交交渉もありませんでした」

◆天皇が責任を負うべき戦争実行行為がない

私は屈しなかった。

「天皇の知らぬ間に陸軍が侵略の既成事実をつくり、天皇の事件不拡大、紛争の現地解決方針が無視されたのですよ」

「それでも、天皇がサインしなければ軍の召集も出動もできない筈ですよ。既成事実の原状回復も命じられえた筈ですよ。それに毒ガス・細菌攻撃という人道上の罪もあります」

と蔣介石は譲らない。芝さんが助け船を出してくれた。

「中国に対してついに宣戦布告しなかったということは、天皇に戦争意思はなかったということ。みんな軍部の独走です。対米開戦でも、もし昭和天皇が不戦方針を貫いたなら、恐らく陸軍はクーデターを起こし、銃剣のもと、天皇に開戦を迫るか、退位を迫って皇弟を新しい天皇として開戦するでしょう。幕末、討幕に消極的な孝明天皇を毒殺（噂）し、まだ少年の明治天皇を擁立して討幕に踏み切った前例がありますからね」

「そんな事情があるのなら、天皇が極東裁判の法廷に立って、その事情を申し立て、無罪を主張されればよいことでしょう」

と、蒋介石は平然と言う。

「一般の日本人でも、被告席に立たされることを不名誉・侮辱と思う人が多いのです。そんなことをして連合国の占領政策が巧くいきますか?」

と私。石原さんは

「もし仮に天皇が法廷に立たれても、陛下は『すべて朕の不徳の致すところ』と述べられるだろうし、〝不徳〟は戦争犯罪の実行行為ではない。また、東条以下、誰一人として天皇責任を認める証言をする者はいないだろう。これじゃ裁判にならんと思うが」

私も追い討ちをかけた。

「日本は、昭和天皇の戦争責任が問われるなら、トルーマン米大統領の広島・長崎原爆投下を人道に反する罪として提訴するだろう。スチムソン陸軍長官や、原爆を製造した学者等関係者も根こそぎ訴えれば、アメリカの朝野はもとより全世界がひっくり返る大騒ぎになるでしょう。将来の戦争が原爆戦争にならないためにも、徹底的にやります」

私の発言を待っていたかのように、石原さんが発言した。

「木造建築の日本の都市を、百機を超える飛行機が低空飛行で灯油を撒き、焼火弾で点火して住民もろとも焼き払うというのは人道上の大罪だ。一夜で原爆以上の被害が生じ（昭和二十年三月十日の東京大空襲は一夜で、全焼二十五万六千十棟、損失家屋二十五万六千七百七十四棟、被炎者百十五万八千百八十四人、死者七万二千四百三十九人、負傷者二万六百七十九人）、全国で千五百万人が家を失い、財産を焼かれている。これは明らかに神をも怖れぬ人道上の大罪だ。これも東京裁判で問題にしたい」

芝さんはどこから聞き込んだのか、次のように述べた。

「マッカーサーは、初めて天皇に会う前は、天皇が戦争責任を逃れ自分の身の安全を図るため、どう言い訳するかに興味を持っていたそうな。しかし、天皇は出かける前、木戸内大臣からくれぐれも戦争責任を認めるような不利なことは言わないようにと口止めされていたのに、一言も弁解せず、一言も自分に有利な都合の良いことも言わず、『すべて身の〝不徳〟の致すところ』と、全責任を一身に負うおつもりの、崇高なお人柄に感動したと言うことです」

満州事変以来、天皇の不拡大方針は裏切られ通しだった。日米開戦方針を白紙に戻せと東条総理と及川海軍大臣に特にご指示になられたのに、真珠湾の奇襲となった。天皇としては裏切られっ放しなのだ。それでいて一言も自己弁解せず、東条ら二十八名が戦犯として逮捕されたとき、『たとえ戦犯でも、朕にとっては最高の忠臣である』と仰せられた。

マッカーサー元帥は関係者に「もし、天皇を戦犯として処刑すれば、日本国内の治安は一挙に乱れ、治安維持のためには百万の大軍を長期間常置せねばならない。ヒロヒト天皇（昭和天皇）は道徳的にも立派な人である」と述べ、アメリカ本国でも、天皇を戦犯にしない方針を決めた。しかしそれは、原爆や都市焼爆撃の人道責任訴追逃れの政治的謀略だった。アメリカは、日本が中国に対し道義的反省を忘れてはならない以上に、日本に対する道義的反省を忘れるべきではない。〝リメンバー・パールハーバー〟どころではない筈だ。

◆天皇も天皇制も日本国民が守った

蒋介石が意外なことを言い出した。

「昭和二十年六月の、アメリカのギャラップ世論調査では、七十七パーセントが天皇の処刑を要求、処刑反対は四パーセントに過ぎなかった。占領軍本部も処刑説が強かったよ。昭和天皇が地方巡幸を申し出られたとき、マッカーサーは天皇の身辺警護を禁止したが、これが問題なのだ。天皇に厚意を持っていなかったと言うことだ」

芝さんも驚いて言う。

「戦時中、反天皇の不敬事件が二百九十件、反軍反戦事件が三百三十一件。これは根が一つと見られ、終戦後マッカーサーに対し、天皇責任の追及、天皇の退位要求デモが行われた事実があり、それを承知で身辺警護を禁止したことは、マッカーサーになんらかの思惑があったと見るべきだ」

蒋介石は私達の顔を眺めながら続ける。

「あの大戦争を欧米風に見ると、戦争を恨み、天皇を憎む者もいよう。日本を恨む戦争被害国で極右反日グループが狙撃班を潜入させ、天皇を狙う可能性も高い。沖縄を除く全国を巡幸されるのだから当然長期間に渡るのです。その間の身辺警護をしないというのは、天皇の戦犯訴追を主張した諸連合国の、戦争犯罪人にしない方針に対する不満を、狙撃される可能性に賭けて緩和する配慮でもあったと考えられる。万一そのような不幸が突発すれば、それを機会に天皇制そのものの見直しが一挙に起きる可能性もあった。それを承知の上の身辺警備の禁止でした。ところが実際には、巡幸先ではどこでもお車は、身動きならぬ寸刻みにしか動けぬ程の大群衆に囲まれ、手を振る大波また大波。なかにはお車のボンネットによじ上ってバンザイを叫ぶ者もあり、その超々大歓迎ぶりに各国は仰天した。天皇制を守ったのは日本人だよ」

と、蒋介石は熱っぽく続けた。ドイツのヒットラーは自殺。そして、イタリアのムッソリーニは降伏後、愛人とともに民衆に虐殺され、屍体はミラノの広場に運ばれて逆さ吊りにされ、その凄惨な写真が新聞に報道されたことなどを思い出しながら述べた。

「あれだけの大戦争で全国を焦土にし、その焦土先に巡幸されて、罵声も投石もない。歓迎また歓迎、あれじゃあ、戦争被害国が暗殺チームを送っても、狙撃の狙いもつけられなかっただろう。これは世界史上の驚異です。これで国内的にも、天皇の戦争責任は全くないことが立証された訳ですね」

二◇国民の戦争責任

蔣介石の好意的な発言に皆気をよくしていたら、すかさず辛辣な質問をしてきた。

「日本の降伏後、東久邇宮内閣総理は、総ざんげを国民に呼びかけましたね。そこで国民は何を総ざんげしましたか?」

◆国民は総ざんげしたのか

「………」

　私達は顔を見合わせた。答えに窮した。蔣介石が笑った。

「日本人というのは、内容のないキレイな言葉で、その場その場を糊塗する風がある。大陸侵略は〝聖戦〟の美辞のもとに暴虐の限りをつくした。結局表向きを飾る修飾語、その飾り文句で都合よく誤魔化し通す悪い国民性ですね」

　もちろん私は反論した。

「二度と戦争はしない、と不戦憲法をつくり、これを忠実に守るよう国民は誓い合っています」

「それはざんげではありません。不戦憲法はアメリカが指導したもの。〝ざんげ〟とは過去の自分の言動の誤りを誠心誠意反省し、国の行動についても、その非を認めて後悔し、謝るということです。日本はまだ国としては謝っていないのではないか。国が謝らぬ以上、国民が謝罪の気持ちを持つ訳があるまい。石原君。日本兵は中国の各地で略奪、強姦、暴行、殺人行為をしでかしたが、君はそれを否定するかね」

「いやあ……それは」

「否定できないだろう。その悪さをした将兵が日本に帰って、何食わぬ顔して善人ぶっている。そんな人がいる筈だよ。フィリピンでは、山野に彷徨《さまよ》う日本の敗残兵を捕らえてくれば報償金を出したが、貧しい村民は報償金をもらうより敗残兵を殺したという。これはどういうことかね」

「……」

石原さんはフト思い出した。昭和二十年七月二十五日、大本営作戦部長宮崎中将は、将兵の物欲色欲犯罪のひどさ、特攻隊員の悪質犯罪について、寒心に堪えないと悲痛な報告をしたことを。銃後を支える日本人に対する犯罪なのだ。日本人に対してもやったのだから、占領地の犯罪は想像を絶するような気がする。

蔣介石は私を睨みつけるように言った。

「日本人はすぐ忘れる国民性かも知れないが、中国人の国民性は決して忘れない民族だよ」

蔣攻勢に黙り込んでしまった私達に、さらに痛烈な質問の矢が飛んできた。

「極東裁判で戦争指導者達は処刑された。それで戦争責任とは主戦論者の問題で、一般国民の問題ではないとね、そう思っているのではないか?」

私達は、彼がまだ何を言い出すのかと次の言葉を待った。

「日本の主戦論者は、日本国民の敵であったことになぜ気づかないのか。戦争の常識から見れば、降伏すべき時期に降伏せず、国を焦土にして最後の一兵まで戦うという常識なき戦争指導者は、国民の敵と違うのか。それにだ、占領地で非人道的暴虐の限りを尽くした日本兵も、狂気のような戦争指導者も、一般国民と同じ血がみんな流れているのだよ。総ざんげとは、日本人のこの血をざんげすることではないのか。血は永遠に変わらないから、環境・条件さえ整えば再び噴出する血じゃないのか。日本人は忘れ易い国民性だから、再び同じ非常識なことをやらかす可能性は大きいのだ」

蒋介石はなかなか厳しい。

私はフト気がついた。日本は戦敗国、中国その他の占領国では散々悪さをしているから、被害各国から賠償金を要求されるのはやむを得ない。その総額は恐らく天文学的莫大な金額となり、日本はその支払いのため奴隷同然の生活に陥るだろう。ところが蒋介石は、率先して賠償金請求権を拋棄《ほうき》し、被害各国もそれに倣った。蒋介石は日本の〝暴〟に対し〝徳〟をもって対応したが、日本は戦争のざんげも反省もせず、その〝徳〟をも忘れかけている。各国の〝徳〟に対してどう報いるか、そんな話になっては分が悪い。それで話題を変えることにした。

「日本人も過去の戦争を憎んでいます。その証拠に、終戦以来祝祭日にも国旗を掲げず、国家も歌っていません。これは、国民が軍国主義を憎む結果だと言われています」

と、ともかく弁解したところ、蒋介石は噴き出すように笑った。

「それはね、当初占領軍に遠慮して、否、占領軍が怖くて出せなかったのだよ。長い占領期間中に慣行化しただけじゃないか。しかし笑わせるね。君の今の話、日本の軍国主義的犯罪を〝日の丸〟と〝君が代〟に責任転嫁するのだね。責任転嫁は日本人の常套的国民性、そんな幼稚な話に世界は誤魔化されませんよ」

「仰せのとおりです」

と芝さんが助け船を出してくれた。彼は言った。

「日本は昔から〝やまとの国〟といい、〝大和〟の漢字をあてました。〝大和〟とは、『国民がお互いに和らぎ合い、睦《むつ》み合い、調和を保つこと』（漢和大辞典より）です。日本は太古の時代から西・南・北方民族がこの地に来て、大混血しましたが、〝血の性格〟は永久に消えないので、百人百様、気ままであってはなりません。平和な生活は〝大和〟という人の和で保てるという、歴史的体験が教えた日本の社会原則です。それは雨水に溶けた石灰石溶液が、その粘着力で小石を集めて大きな石（学名石灰質角礫岩）になるような連帯性《コミュニケーション》で、そうあれかしと歌ったのが国家の『さざれ石のいわおとなりて』の一句。つまり日本はもともと平和愛好国民なのです。国も世界も同じこと。この日本の古い良いものが、明治維新後の欧米化で行方不明になったのです。今度の戦争で反省し、〝大和〟の精神を取り戻したので、日本が再び軍国主義化することはまずありません」

「君ねえ。日本の中国侵略は、中国が弱いからだろ。それは日本人の弱いものいじめの体質によるものではないか。私が日本の士官学校留学中、日本の大人社会にも子供社会にも陰惨ないじめを見た。国民性的ないじめ体質の上に、資本主義的搾取が加えられていた。今、日本は平和愛好国になり切っているというのなら、今日、大人社会からも子供社会からも、いじめ現象は一切なくなった訳だね。もしその事実があるなら信じたい。それは国民性が変わるような大事業だからな。それにまだ一つ問題点がある」

私は日本の社会からいじめがなくなったか、と言われて寒気がした。どう見ても、戦後平和憲法になってからの方が、いじめはさらに悪質・陰惨化して、少年の自殺が増えている。このいじめ体質が中国侵略の原動力だったとすれば、今日は往時よりなお悪いということになる。すると軍国主義化する体質があるということか。

「かりに日本の国からいじめ現象が無くなったとしてもだな、まだ問題がある」

と蒋さん。まだこの上に何を言いたいのかと思っていたら、耳元に響いた。

「靖国神社のあり方だ」

◆靖国神社は軍国主義の殿堂

私はなんとなく心を引き締め、身構えて次の言葉を待った。

「神社の入口正面の銅像は誰かね」

来た。急所を刺された思い。その銅像とは日本軍国主義の象徴的人物、大村益次郎だ。誰かと聞くまでもない。十分知ってるくせに。意地悪なお人だ。

「なぜこの人の銅像が毅然と日本を見ているのか。それにだ、社殿の前には大きな〝献灯台〟が二基ありますね。その大きな胴回りに掲示されている銅画は、日清、日露、日中戦初期の日本軍の輝かしい戦勝絵図ですね。戦前の軍国主義を誇らしげに国民に見せていますね。戦前、靖国神社は、日本軍国主義のメッカでした。戦前の靖国神社が、そのままの姿で今日になお現存するということは、日本軍国主義は民間で健在、ということですね。それを日本国憲法上問題がないとしているのは、政・官・民がグルだということ。日本は、表向きは平和愛好国家のふりをして、裏面では軍国主義を培っているということになりませんか？」

私は、なんとか反論したくなった。

「それは少し穿《うが》ち過ぎです。靖国神社を新しい時代に似合わしいものへと改造をせねばならないのですが、改造費の出どころがなく、昔のまま残っているというだけのことですよ」

蔣介石は蔑むような目つきで言う。

「戦前の靖国神社は国のものでしょう。それが、新憲法上、国が宗教活動ができなくなり、民間に移した。このとき政府は、民間移管後なんら問題性がないようにすべき義務がある。平和憲法下に戦時中の軍国主義の殿堂をそのままにして良い筈がないから、軍国主義的色彩を一切取り除くべきだったのにそうしなかった。日本政府が、真に軍国主義を捨てていない証拠ですね。中国語では、靖国の靖は〝謀なり〟と辞典（辞源）にあるが、どうも謀略性が匂ってならない。それに東条以下の戦犯を祀っているという。これは過去の軍国主義を肯定しているということじゃないか？　夢よもう一度の下心が見え見えだ」

「日本は仏教国です。死ねば仏様。ならば神様に祀ってもよいのではと」

「君は新時代に似合わしくするには金がなくて、と言ったね。改造計画もないのに、よくそんな出鱈目が言えるもんだね」

　ことここに至れば、毒食わば皿まで。嘘を貫き通すほかはない。

「計画はありました。まず大村益次郎の銅像は取り除き、平和の女神像に建て替えます。ついで、新たに献灯台二基をつくり、その胴回りには日本の太平洋戦争の惨敗の様子、広島、長崎の原爆被害、全国都市の焼爆撃図、世界一を誇る戦艦『武蔵』『大和』の轟沈図、ミズーリ艦上の降伏調印図等の銅版画を出します。古い献灯台は軍国主義の華やかさを示し、新しいものはその末路を見せ、民主主義国家成立の過程を見せます。

　さらに祭神は、戦争に捲き込まれたすべての犠牲者とします。したがって、原爆や都市の焼爆撃、満州でソ連参戦に伴うすべての死亡者とします。東条さんらは合祀から外します。戦死した人でありませんから。つまり参拝者は祭神と、戦争など二度としてはならないと語り合い誓う『場』になります。戦時中は戦意高揚の『場』でしたが、それを平和を語り合う『場』に変えるのです。

また、戦争による外国人の死亡者に対する慰霊供養塔を建て、残留日本人孤児養父母の慈愛感謝記念塔も建てます。参戦のソ連軍に追われ、日本の崩壊を機に多年の日本人に対する怨念を復讐する中国人暴徒から逃げ惑う日本人老幼婦女子、もう死ぬ他はないと思う母親から乳幼児を預かり、母親の逃避を楽にした中国人がいました。世をあげて日本人に襲いかかる中国人社会のなかで、その乳幼児を預かることは『おまえも日本人の一味か』と命を危険にさらす行為なのです。戦後の文化大革命（中国共産国家ができた後の権力闘争。古い価値観をひっくり返す党内粛正の激しさで多数の死傷者を出した）では、日本に関係をもった者は根こそぎやられましたね。その厳しい時代に、預かった子を我が子として立派に育て上げ、家庭を持たせた。ありていに言えば、老父母が自分の老後はこの子に見てもらうと思うのは当然だと思うのだが、それをあえて『お前は日本人だ』と真実を告げ、日本に帰るなら帰ってよいと言った。こんな人道美談は滅多にない。日本は世界平和を求める国として、ただ武器を使わない、戦さをしないと言うだけではパワーが足りない。

むしろ人道国家になり切ることです。決して政策方便ではない。人道主義国家だから戦争しない、という国柄になるのです。そのよすがとして残留孤児養父母の人道にあやかり、感謝記念塔を建てるのです。その塔内に、孤児の要望があれば養父母の名前をとどめ、日本に人道立国の扉を開けさせた天使として全国民から崇められることにしたいのです」

われながら良く舌が回ると思った。蒋介石は呆れて聞いていたが、やがて、

「嘘から出た真になってほしい」

と笑った。そこで私は爆弾動議を出した。

「靖国神社を普通の宗教団体並みにしているのが間違っていますよ。第一に、普通の宗教団体では、祀られる人は神であれ仏であれ、非常に優れた立派な人で、祀られる人は数人だ。しかし靖国神社の祭神は全部普通の人で、現在でもその数二百四十六万名に上る。また、普通の宗教団体のような祭神にかかわる浩瀚《こうかん》な教義教典も、宗教団体を率いる教祖も、そして信者の信仰を高めるため、または新たな信者獲得のための宗教活動もない。さらに普通の宗教団体では、信者との関係は極めて緊密な結束性があるが、信者というよりは、国のために戦死した者に対する遺族や国民の慰霊参拝であり、祭神は近代の若者で、他の宗教活動では近代人の若者が祀られるケースはない。

このように見てくると、靖国神社を普通の宗教団体の枠のなかに入れること自体非常な

無理があります。また二百四十六万人の人達の遺族、さらに、戦争に捲き込まれたすべての犠牲者を祭神にすると三百万体を超えましょう。その遺族、参拝者にすべて神式で礼拝せよというのは無理な話。参拝者に自由にさせる方が心の通う礼拝となります。普通の宗教団体では定められた礼拝方式があるのに、靖国神社の礼拝方式を自由にすれば、宗教団体にして宗教団体ではないようなものです。以上のように見てくると、靖国神社は憲法（日本国憲法第二十条）に触れる宗教団体ではないと考えられます。そこで、靖国神社法を制定してそのことを明らかにすれば、国や市町村が祭祀料を公費支出できると思うのです。否、そうすべきだと思います」

「それだ」

　と石原さんが乗ってきた。

「靖国神社や各都道府県にある護国神社（戦死者を祀る）に祭祀料を公費支出できないとの判例は、実に困ったものだ。戦争を知らない若い裁判官が、重箱の隅をつつく法理論で決めよったが、裁判官も裁判官なら政府も政府、なぜそのまま放っとくのか。明治十二年靖国神社創建以来、終戦まで約七十年間、戦死は尽忠報国の極致、軍人の亀鑑《きかん》として、国は手厚く靖国神社にお祀りすることにした。よって将兵は靖国神社を憧れの殿堂とし、殿堂入りを最高の名誉とした。このような国の制度のもとに、国を信じて出征し戦死した者は国により手厚く祀られるものと信じている。それは、国と国民との、国の慣行・制度下の契約と見るべきものです。

しかるに、祭祀料を公費支出しないということはお祀りしないということ。国が召集し、国の戦争で戦死したのに、知らん、無関係だと言うのと同じ、まさに重大な国の背信行為です。したがって、国に背信行為をさせるような判例は公序良俗に反するので無効です。祭祀料と言っても、社会的通念上相当と認められる金額の範囲内なら、あえて違憲と言うべきではないのです。昔、たばこの葉一枚盗んでも窃盗罪だと、社会的な加罰の相当性を考えない愚かな裁判があったが、その愚かさを再び見る嘆かわしさがある。戦後、過去の戦争は間違っていたという見解が定着しつつある。間違った戦争で戦死させた国の責任はどうなのか。祭神に、俺達の戦死は犬死にかと思わせてよいものだろうか。

私は、民主主義国家が成立するまでの試行錯誤のなかの尊い犠牲者、つまり人柱として崇めたいのです。『あの戦争に負けてよかった』と言う人がいる。もし天皇のご聖断がなかったら、この人も死んでいた筈だ。というのは、本土決戦に備え、少年も老人も婦女子も根こそぎ動員して戦わしめる国民義勇兵法(男子十五才～六十才　女子十七才～四十才)を準備していたからだ。『負けてよかった』という人は、死の宿命を負わされる筈だったが運良く生き残った者なのだ。ならば、運悪く死んだ者に対して涙して、国の人柱になった悲運に心からご冥福を祈るべきではないか。靖国神社法で祭神が安らぐ方法があるなら、一日も早くそうすべきだ」

と熱っぽく言い、さらに続けた。

「二・二六事件で銃殺された者が処刑される直前、『日本国民よ、日本陸軍を信頼するな!』と大声で叫んだそうだが、国が祭祀料を払わぬ、お祀りもせぬでは、靖国神社に『日本国民よ、日本政府を信頼するな!』の声が満ちているのではないのか」

エピローグ

私は冥土取材旅行をしてよかったと思った。

二十一世紀の新しい日本の発展は、二十世紀の反省の中からこそ生まれてくると思う。とかく、国や国民に都合の悪い歴史的な悲劇性・汚濁性は、綺麗ごとで消し去り、忘れる傾向が強い。今後の世界的国際性に生きる日本が果たしてそれでよいものか。

日本は昭和時代にあれだけの大ポカをしでかし、国を潰したが、二度とこの大ポカを繰り返してはならない。だがそれは、国の指導者だけでなく、国民もその気になって心掛けなければできるものではない。それほどに難しい国民性の動向や、集団としての派閥功名主義、利己主義の対立、官僚独善性という政府方針のしがらみを超えなければならないからだ。それはバランスの平行感覚だが、指導者にそれがなく、諸派閥をも呑み込む人間関係的雰囲気で盛り上げる日本風土病的・人間関係的な妥協性が出てくると、流れ落ちるところまで落ち込む恐れがある。だから、そういう指導者が出てこず、真に国のため社会のため出て欲しい人が出て来られるしくみのある社会にしたいものだ。

それは所詮国民性の問題だが、同時に、常に世の中の盛り上がる雰囲気の外にあり、その流れ方を、「果たしてこれでよいのか」と客観的に見る目が必要である。つまり、国としては、司法・行政・立法に、監察権を加えた四権分立国家とすべきだし、個人も常に社会生活との協調性を反省するしくみをつくる必要がある。満員電車でやくざに因縁をつけられる弱い若者や痴漢される婦女子を見ても見ぬふりする国民性、山も海も道路もポイ捨てされたゴミが気にならないという失われた公共意識、このようなゴミ人間社会に正義感を刺激するしくみをつくらねばならない。

私は、一日も早く娑婆《シャバ》に戻って二十一世紀の日本は立派なものにしようと、芝さんと二人、冥土の酒を酌み交わしつつ誓い合った。

おわり

あとがき

●私はこんなものを書きたくなかった。
日本の国や日本人については、すべて綺麗ごとのみを書けと、腹の中の苦情の虫が駄々をこねて困った。

だが中国人等、日本との交戦国の人々は、日本の悪い点を散々と見せつけられ、日本人とはこんな国民だと後世に伝えるだろう。それは国際紛争のもと。だから日本人も、内なる自分の悪玉が出ないよう抑えねばならぬ。過去の日本の悪玉拾いも、悪い歴史を二度と繰り返したくない自律性機能に役立とう。
●日本は、米英等諸外国と喧嘩して息の根が止まるほど殴られ、もう勘弁してくれと仲裁をソ連に頼んだら、そのソ連にも手痛く殴られた。
まさにソ連の背信的参戦ながら、ソ連当局は、これで日露戦争の復讐をしたと言明した。日露戦争は相手に売られた喧嘩で、小男の日本が、大男のロシアに必死の一発を食らわして身を守ったまで。それなのに復讐というから、国際間の恨みつらみは怖い。

●日中戦争は日本が売った喧嘩。十五年間も、散々に殴った。天皇の軍隊という誇りもどこへやら、略奪・殺傷・婦女暴行の数々、かねて中国人は日本人を東洋鬼《トンヤンクエイ》と蔑称していたが、その鬼の正体を見せつけた。

日本人はもの忘れが得意。水に流すのが得意。だが中国人は決して忘れない。水に流さない。他日の復讐を考えさせない日中親善を続けねばね。

●本文中で、いろんな人物が意見を述べているが、これはこの人ならば当然こう言うだろうという私の推定で、記録にもとづく発言ではない。

●約五百年程前の日本は、全国に武将が割拠し、領土争いの戦国時代だった。織田信長は新知識と常識を超えた発想力で巧みに群雄を攻略した戦略家。秀吉は信長没後、果断と謀略で天下を取った男。家康は大局を判断し、耐えるときは涙を呑んで耐え、時の流れを自分に向ける政略家。この三人、見事に昭和時代を切り抜けえたことが分かった。発想力の多彩さ、豊かさによる。昭和の指導者達は三人に比し、型にはまり、人間が小さい。どうしてそんな指導者が出てきたかが問題。どうやら明治以降の世の中のしくみと国民性に関係がありそうだ。

●平成の子供は鉛筆も削れず、マッチも使えないという。文明は、発想力も行動力も忍耐力も人間性も失わせるものだとすれば、平成の日本人はどんな型の人間になるのやら。

良心という番犬のいないカラッポの心なら、鬼も蛇も魔物も住みよかろう。

●「芝さん」は、架空の人物である。司馬遼太郎氏のように日本の国を想い、日本民族を愛する人は沢山いると思う。この人達は、国のため日本民族のため意見の多い人達だが、そこでその人達の総合人格者として「芝さん」を想定した。

●私は、中国人は日本人より人間がひとまわり大きいのじゃないか、と思ったことがあった。銃殺される中国兵が、最初の一発が外れたとき高笑いしたという。

友人の中国人が、私を遊郭に誘った。「金で買われる筈の遊女で、日本人には顔も見せない骨の通ったのがいる。その女を見せてやる」と言うのだ。つまり、遊女にして然り。まして中国人男子を甘く見るな、と私に教えてくれたのだ。

あるとき、満州事変記念行事として、奉天在住の日本人による北大営（元中国兵の兵営で日本軍が攻撃した）の攻撃模擬演習が行われた。中国人の友人（遊郭に誘った人とは別人）が参加したいと言う。私と一緒に木銃を執って走り、伏せ、匍匐《ほふく》前進し、突撃命令で一緒に突撃した。彼は終始嬉々としていた。神経の図太さに舌を捲いた。中国を知らず、中国人を知らず、我田引水の大陸政策。何年たっても日本の対外政策は同じだろう。

●二十一世紀の日本は、国際社会に見事な大輪の花を咲かせたい。それには二十世紀日本を総括し、反省と改善の一歩一歩を踏みしめて歩まねばならぬ。その縁《よすが》にも、と過去の戦争を監察したところ、本文で述べたような問題点が出てきた。だが、歴史は繰り返してはならぬ。

●信長等の人物画は岩佐克哉君が描いた。

岩佐　忠哉

平成十二年八月

◆関係地図①　満州

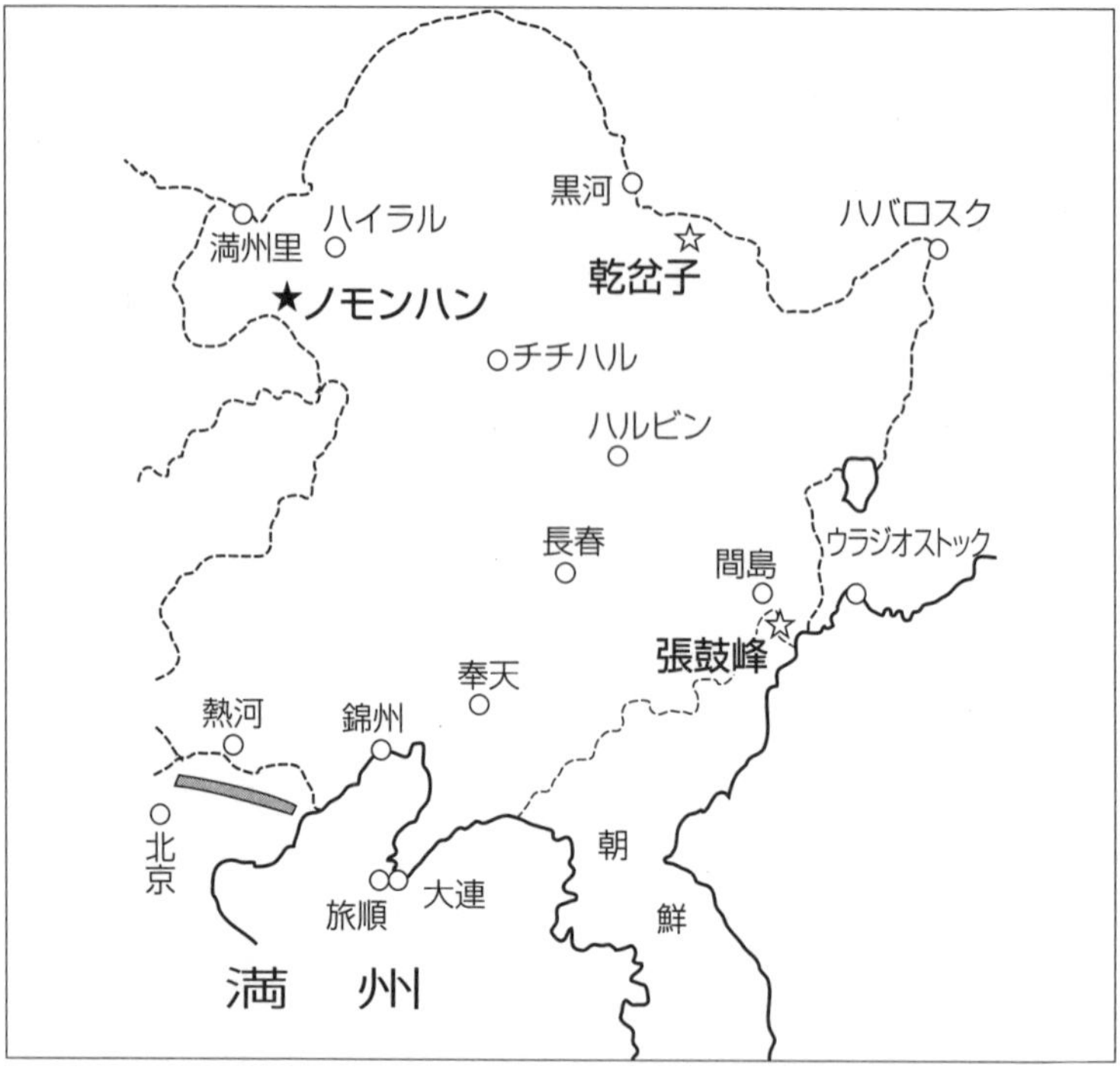

▭ は万里の長城

・奉天は現在の潘陽。日露戦争の最終大会戦地。張作霖の爆死、満州事変の発端となった。満鉄軌道爆破もこの近郊である。
・ソ連の国策会社東清鉄道はシベリア鉄道に連結するもので、満州里から北満を横断しウラジオストックに達した。
・日本の国策会社南満州鉄道㈱は、長春、旅順間の鉄道を運営していたが、満州国の成立とともに全満州国の鉄道を依託され運営した。
・日本軍とソ連軍は張鼓峰で衝突、破れ、ノモンハンでは目も当てられぬ惨敗。日本軍は長城線を超えて華北占領作戦を行ったため、日中本格戦争となり、ついに太平洋戦争となった。

◆関係地図2　太平洋戦争敗戦状況

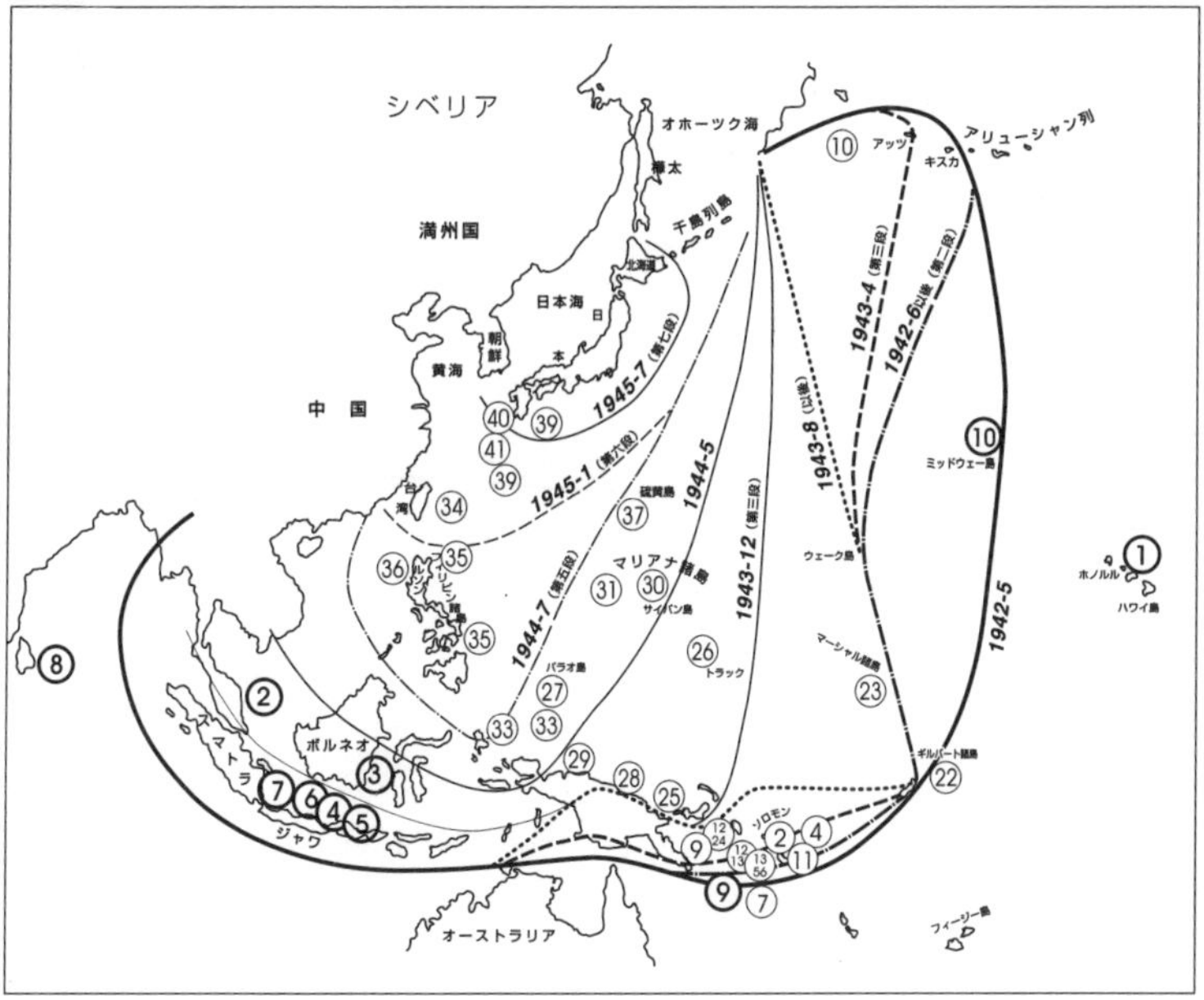

自由国民社発行　富永謙吾氏著「大本営発表の真相史」による

太平洋戦争は真珠湾奇襲に始まり、終戦まで40回戦った。当初は連合国側の手薄な軍備に乗じ、米豪交通を遮断する南太平洋作戦まで手を広げたが（1942—5年）、連合国が反撃し始めるや、赤子の手を捻じあげられるように連戦惨敗。防衛戦は見る見る後退した。己を知らず敵を知らなすぎる陸海軍だった。

◆幕末関係年表①

文化元年	一八〇四	ロシア全権大使レザノフ、軍艦にて長崎来航
天保八年	一八三七	天保大飢饉
天保十一年	一八四〇	アヘン戦争
天保十三年	一八四二	異国船打払令 中国、香港を英国に割譲
弘化元年	一八四四	オランダ開国を要請 中国、米・仏に治外法権を認む
弘化三年	一八四六	フランス艦隊司令官セシュ琉球に現れ通商貿易
嘉永六年	一八五五	ペリー来航（一月） 日米和新条約調印（六月）
安政五年	一八五八	日米通商条約調印 日蘭・日露・日英各通商条約調印（七月） 日仏通商条約調印（九月）
安政六年	一八五九	イギリス総領事オールコック（後公使）着任を要請
万延元年	一八六〇	勝海舟、威臨丸で太平洋横断 英仏軍、北京天津攻撃
文久元年	一八六一	ロシア軍艦、対馬占領
文久二年	一八六二	坂下門外の変（一月） 生麦事件（八月）

		イギリス公使館襲撃や暗殺事件多発 朝議、攘夷決定
文久三年	一八六三	長州藩下関にて攘夷決行（五月） カンボジア、仏保護国となる 薩英戦争（七月） 上海共同租界
元治元年	一八六四	オールコック、長州藩主宛覚書を伊藤博文らに託す 英・仏・米・蘭、四国下関砲撃 中露イク条約調印
慶応元年	一八六五	仏・ロッシュ公使、長州征伐進言 伊藤博文等、長崎にて武器購入（七月） 仏艦、中国紅華島攻撃
慶応二年	一八六六	薩長軍事同盟（一月） 幕長戦争始まり、間もなく休戦 孝明天皇死去（十二月） 米価暴騰、一揆・打ち壊し激化
慶応三年	一八六七	薩摩・土佐藩盟約（七月） 明治天皇践祚 大政奉還 薩摩・長州に討幕密勅

		薩邸浪士決起大会、薩邸焼打 薩長芸討幕盟約
明治元年	一八六八	鳥羽・伏見の戦（一月） 慶喜、江戸城を退く（一月） 各国局外中立布告 討幕軍先遣参謀木梨清一郎・パークス会談 中国内乱平定 上野戦争、会津藩降伏 新政府王政復古を各国に通告、江戸開城
明治二年	一八六九	藩籍奉還
		各地に反乱蜂起、維新功労者暗殺続く

◆大正以降関係年表②

大正三年	一九一四	第一次世界大戦（七月） 日本青島占領（十一月）
大正四年	一九一五	中国に対し二十一カ条要求調印（五月）
大正十一年	一九二二	ワシントン条約〝九カ国条約〟調印（二月） 日本軍山東撤兵（五月）
大正一二年	一九二三	関東大震災
昭和二年	一九二七	金融恐慌（三月）

昭和三年	一九二八	第一次山東出兵（五月） 第二次山東出兵（四月） 安国軍大元帥張作霖爆殺
昭和五年	一九三〇	ロンドン条約調印、軍部右翼反対 浜口首相狙撃さる
昭和六年	一九三一	軍部クーデター未遂（三月） 満鉄線爆破、満州事変（九月）
昭和七年	一九三二	上海事変（一月） 政・財界要人暗殺（血盟団事件） 満州国成立、承認
昭和八年	一九三三	関東軍熱河省進入（二月） 国際連盟脱退
昭和十年	一九三五	陸軍省永田軍勢局長殺さる
昭和十一年	一九三六	ロンドン軍縮会議脱退（一月） 軍部大臣現役制復活（五月） 日独防共協定成立（十一月）
昭和十二年	一九三七	宇垣内閣流産（一月） 蘆構橋事件、日中本格戦争（七月） 戦火上海に（八月） 中国の国共合作成立

		日本海軍全中国沿岸封鎖宣言（九月） 国民精神総動員運動開始（十月） 南京占領（十二月）
昭和十三年	一九三八	国民政府相手にせず（一月） ドイツ・オーストラリアを合併（五月） 国家総動員法、電力国家管理法 トラウトマン独駐華大使の日中和平工作打切り 広東・武漢占領（十月） 東亜新秩序建設声明（十一月） 汪兆銘重慶脱出（十二月）
昭和十四年	一九三九	日ソ軍局部戦争惨敗〈ノモンハン事件〉（五月） 日米通商条約廃棄（七月） 日英会談決裂 独ソ不可侵条約締結 ドイツ、ポーランド侵入、第二次世界大戦始まる 九・一八価格停止会（闇価格時代）始まる（九月） 野村外相とグルー米大使の交渉開始
昭和十五年	一九四〇	フランス、ドイツに降伏（六月） 各政党解散（七月） 米、航空用ガソリン禁輸

		石油、屑鉄輸出許可品目追加（七月） 北部仏印進駐　日独伊三国同盟調印（九月） 米、中国に一億九五〇〇万ドル借款提供（年内） 米英参謀本部で秘密戦略会議
昭和十六年	一九四一	日ソ中立条約成立、日米交渉始まる（四月） 関東軍七〇万の大軍を動員し、極東ソ連軍攻撃の機を伺う（七月） 米大統領、国家非常事態宣言（五月） 独ソ開戦（六月） 満州に七〇万の兵力集中（七月） 南部仏印進駐、米英対日資産凍結（七月） 御前会議、対米開戦方針（九月） 東条内閣成立（十月） 米、ハル・ノート最後通牒と決定（十一月） 真珠湾奇襲、マレー半島上陸、対米英蘭宣戦布告（十二月）
昭和十七年	一九四二	シンガポール占領（二月） 蘭印軍降伏（三月） 米機東京空襲（四月） 珊瑚海海戦（五月） ミッドウェー海戦惨敗（六月） 米軍がガダルカナル島奪回作戦開始（八月）

		ダルカナル島から撤退決定（十二月） 重慶進攻作戦中止（十二月）
昭和十八年	一九四三	ガダルカナル死闘、弾薬食糧不足餓死続出、撤退 スターリングラード独軍降伏、湘桂作戦決意（二月） 山本連合艦隊司令長官戦死（四月） イタリア、無条件降伏（九月）
昭和十九年	一九四四	東条陸相、参謀総長兼任 マーシャル群島、惨敗（二月） サイパン惨敗（六月） グアム全滅（八月） レイテ海戦惨敗、連合艦隊全滅同然 東条内閣総辞職 サイパンからの本土空襲始まる（十一月）
昭和二十年	一九四五	ヤルタ会談（二月） 沖縄戦（四月） 大本営本土作戦計画（四月） 鈴木内閣成立 ドイツ降伏（五月） 沖縄陥落（六月） ポツダム宣言（七月）

広島・長崎原爆投下
ソ連参戦（八月）
日本降伏、ミズーリ艦上で降伏文書調印（九月）
米軍進駐（九月）

◆参考文献

本書を書くにあたり、次の著書からご教示頂きました。

書名	著作者（尊称略）	発行所	発行年
『満鉄』	原田勝正	岩波書店	一九八一年
『関東軍』	島田俊彦	中央公論社	一九〇〇年
『魔性の歴史』	森本忠夫	文芸春秋社	一九八五年
『大本営発表の真相史』	富永謙吾	自由国民社	一九七〇年
『ミッドウェー海戦』	豊田 譲	講談社	一九八五年
『異聞ミッドウェー海戦』	豊田有恒	角川書店	一九八七年
『海軍大将米内光政覚書』	高木惣吉	光人社	一九八八年
『真珠湾』	牛島秀彦	時事通信社	一九七六年
『昭和史の瞬間』	朝日ジャーナル	朝日新聞社	一九六六年
『昭和史』	遠山茂樹、今井清一、藤原 彰	岩波書店	一九六五年
『東条秘書官機密日誌』	赤松貞雄	文芸春秋社	一九八五年
『大日本帝国の試練』	隅谷三喜男	中央公論社	

『東条英樹と軍部独裁』　戸川猪佐武　講談社　一九八五年
『東条英樹暗殺計画』　津野忠重　徳間書店　一九八五年
『東条英樹（わが無念）』　佐藤早苗　河出書房新社　一九九七年
『大本営海軍部』　山本親雄　白全書房　一九七四年
『開戦前夜（下・日独同盟秘史）』　桧山良昭　日本文芸社　一九九四年
『近衛時代（上・下）』　松本重治、蟻山芳郎　中公公論社　一九六八年
『近衛文麿』　岡 義武　岩波書店　一九七二年
『近衛文麿と重臣たち』　戸川猪佐武　講談社文庫　一九八五年
『日本海海戦』　岡本好古　徳間書店　一九八二年
『太平洋戦争（上・下）』　小島 襄　中央公論社　一九七三年
『天皇終戦秘史』　篠田五郎　大陸書房　一九八〇年
『松岡洋右』　豊田 穣　新潮社　一九七九年
『大本営機密日誌』　種村佐孝　芙蓉書房出版　一九九五年
『太平洋戦争の謎』　佐治芳彦　日本文芸社　一九八五年
『靖国神社』　大江志乃夫　岩波書店　一九八四年
『東郷元帥は何をしたか』　前田哲男、纐纈 厚　高文研　一九八九年
『昭和天皇の戦争』　勝野 駿　図書出版社　一九九〇年

『情報天皇に達せず』　細川護貞　同光社磯部書房　一九五三年
『天皇の密使』　高木彬光　光文社　一九七一年
『泡沫の三十五年(日米交渉秘史)』　来栖三郎　中央公論社　一九八六年
『日本海軍の終戦工作』　纐纈厚　中央公論社　一九九六年
『ある終戦工作』　森本治郎　中央公論社　一九八〇年
『日本終戦史』　林茂、安藤良雄、今井清一、大島太郎　読売新聞社　一九六二年
『新漢民族から大和民族へ』　盛毓度　東洋経済新報社　一九七八年
『ユニークな日本人』　G・クラーク、竹村健一　中央公論社　一九八〇年
『明治維新の舞台裏』　石井孝　岩波書店　一九七五年
『幕末の志士』　高木俊輔　中央公論社　一九七八年
『高杉晋作』　奈良本辰也　中央公論社　一九六五年
『なるほど、ザ幕末維新史』　奈良本辰也　大陸書房
『大久保利通』　毛利敏彦　中央公論社　一九六九年
『西郷隆盛』　圭室諦成　岩波書店　一九七五年
『桂小五郎（下）』　吉川薫　文芸春秋社　一九八五年
『豊臣秀吉』　鈴木良一　岩波書店　一九五四年
『はだか太閤記』　桑田忠親　講談社　一九六一年

【著者紹介】
岩佐 忠哉
明治43年5月出生
大阪外語学校支那語部（現大阪外語大学中国語学部）卒
外務省対支文化事業部留学生（満州研究）。高等文官試験行政科合格
南満州鉄道株式会社入社。北京大使館事務所に出向。終戦引揚
経済安定本部（現経済企画庁）、経済調査庁、行政管理庁勤務
昭和43年退官
日本電気株式会社、日本分譲住宅協会、ハイネス管理株式会社勤務
昭和55年11月、勲三等瑞宝章拝受
平成5年『交渉マニュアル』（近代文芸社）刊行
平成8年『分娩調整を考える』（近代文芸社）刊行

二十一世紀の虹は美しく

2000年8月1日　初版第1刷発行

著　者　岩佐《いわさ》　忠哉《ただや》
発行者　瓜谷　綱延
発行所　株式会社文芸社
東京都文京区後楽2-23-12 〒112-0004
電話　03-3814-1177（代表）
03-3814-2455（営業）
振替　00190-8-728265
印刷所　株式会社フクイン

ISBN 4-8355-0469-0 C0095